Ulrich Harbecke

Der gottlose Pfarrer

Ulrich Harbecke

Der gottlose Pfarrer

Roman

Herder
Freiburg · Basel · Wien

Dritte Auflage

Umschlaggestaltung:
Burkhard Finken & Matthias Bumiller

Satz: Barbara Herrmann, Freiburg
Druck und Einband:
Freiburger Graphische Betriebe 1997
Gedruckt auf umweltfreundlichem,
chlorfrei gebleichtem Papier
ISBN 3-451-22784-3

Pfarrer Wilhelm Hausner ...

hatte gut geschlafen. Um möglichen Spekulationen vorzubeugen, ist es wichtig, gleich zu Anfang darauf hinzuweisen. Die Anstrengungen der Karwoche mit ihren vielfältigen liturgischen Verpflichtungen hatten ihn nicht übermäßig belastet. Das Leiden und Sterben des Jesus von Nazaret, das die Kirche Jahr für Jahr in herben Texten und schmucklosen Handlungen nachvollzog, gehörte ganz selbstverständlich zum Rhythmus des Jahreskreises. Vielleicht ein wenig deutlicher als in früheren Jahren hatte er das Skandalöse und Spielverderberische dieses Tuns empfunden inmitten einer Welt, die sich beim närrischen Tanz um die Schaufensterauslagen, um Schlagerstars und Versicherungspolicen nicht stören ließ.

Auch das Fasten hatte ihn nicht überfordert. Seit siebenundzwanzig Jahren sorgte er sich um die ihm anvertrauten Seelen von St. Kilian. Und da er selbst zu leben verstand und den Gaumenfreuden nicht abgeneigt war, die Gottes Schöpfung für ihn bereithielt, waren die Wochen der Fastenzeit eine praktikable Gelegenheit, den Winterspeck abzuschmelzen und auf dem Hosengürtel ein oder zwei Löcher zurückzugewinnen. Nebenbei fand er es richtig, wenigstens gelegentlich einen Mangel zu spüren, der den allermeisten Erdenbewohnern ganzjährig geläufig war.

All dieses lag im Normalbereich. Es hatte nichts mit mystischer Versenkung in die Leidensgeheimnisse des Nazareners zu tun und schon gar nichts mit der Askese-Akrobatik eines um Wahrheit und Freiheit ringenden Mönches. Ohne Wenn und Aber: Pfarrer Wilhelm Hausner erfreute sich bester Gesundheit, eines klaren Verstandes und weltoffener Sinne.

Das Städtchen hatte sich ein mittelalterliches Gepräge bewahrt, war stolz auf zwei schöne gotische Stadttore und einen Marktplatz, den freundliche Giebelhäuser umstanden. Reisende bewunderten die romantisch zerfallene Ruine der Landesburg. Das Vereinsleben lebte, die zugezogenen Besitzbürger hatten die etwas dumpferen Ureinwohner zahlenmäßig überflügelt, es fehlte nicht an Genies des Mittelmaßes, mit denen es sich gut und gerne leben ließ.

So begann auch dieser Ostersonntag wie jeder andere. Kaplan Leske hatte die Frühmesse übernommen und würde anschließend im Nachbarort die Auferstehung des Herrn verkünden. Der allgemeine Priestermangel zwang dazu, mehrere Gemeinden gleichzeitig zu betreuen. Leske war diensteifrig und Frühaufsteher. Man mußte ihn nicht überreden. Auch an Tagen ohne Morgenmesse rauschte pünktlich um sechs die Dusche oder trieb es ihn im Joggingdress in den nahegelegenen Schloßpark.

Hausner hatte es da etwas schwerer. Er schlief so tief und gut, daß es ihn immer einige Mühe kostete, sich aus dem warmen Kokon der Nacht zu befreien. Ob die Glocken wohl schon geläutet hatten? Die Schaltuhr in der Sakristei war zuverlässig, aber vielleicht konnte doch einmal ein kleines Wunder geschehen, das den Schlaf der Anwohner verlängern würde. Woher nahm die Kirche auch das Recht, für eine abnehmende Minderheit mit großem Geläut auf ihre Termine aufmerksam zu machen?

Vermutlich hatte ihn die Sonne geweckt. Sie stach durch die Gardine des Schlafzimmers und malte, bewegt von einem spielerischen Frühlingswind, Lichtertrauben auf die Tapete. Er lag eine Weile still und lauschte den Stimmen des Gartens und der Stadt. Sie klangen anders als an den Festtagen niederer Ordnung, aber sie klangen wie an jedem normalen Ostersonntag. Es gab keinerlei Anzeichen, daß etwas Ungewöhnliches geschehen könnte.

Wie jedermann weiß, werfen markante Ereignisse ihre Schatten voraus. Man entdeckt es allerdings erst im Nachhinein und ist somit wahrscheinlich nur das Opfer einer optischen Täuschung. Ereignisse werfen ihre Schatten zurück. Das ist alles.

Der Pfarrer lauschte dem Stimmengewirr der Vögel. Gestern abend war eine »katholische Amsel« darunter gewesen. In reinen Intervallen hatte sie den Anfang des »Salve Regina« gesungen. Agnes, seine Schwester und Haushälterin, hatte es auch gehört und war aus der Küche herbeigelaufen.

Kaplan Leske blieb nüchtern. Gerade hatte er mit guten Argumenten auseinandergesetzt, daß die Kirche ihren Mitgliederschwund nur noch durch eine professionelle Werbekampagne bremsen könnte.

»Kein Grund für Gedichte«, meinte er. »Wenn Amseln oder Nachtigallen singen, bedeutet es nichts anderes als ›Haut ab! dies ist mein Revier! Kommt mir nicht zu nahe!‹ Vögel sind eben auch Menschen.«

»Immerhin«, hatte Hausner geantwortet, »sie tun es wenigstens mit Singen!«

Der kleine Schlagabtausch ging ihm jetzt wieder durch den Sinn, nun aber mit einem Anflug guter Laune. »Sie tun es mit Singen.« Kein übler Gedanke für eine Predigt.

Ach Gott, die Predigt!

Er war im Rückstand. Nach der nächtlichen Liturgie mit anschließendem Agape-Mahl im Pfarrsaal war er zu müde gewesen, um auch nur ein Konzept zu Papier zu bringen. Andererseits gehörte er nicht zu den Geistlichen, die ein Leben lang panische Angst vor der freien Rede hatten. Er konnte sich auf spontane Einfälle verlassen und wunderte sich, daß es andere nicht konnten. Man mußte doch nur die Gesichter der Leute betrachten. Sie verwandelten sich zwanglos in Geschichten, in Fragen oder Antworten, die zu den Episoden des Evangeliums in Beziehung traten.

Immerhin stand er jetzt auf und ging ins Badezimmer. Der Spiegel zeigte ihm ein übernächtigtes Gesicht wie es vermutlich unzählige »Ebenbilder Gottes« zu dieser Stunde hatten. Er rasierte sich naß und verdünnte den Rest seiner Müdigkeit mit ein paar Händen Wasser. Der Mangel an Haupthaar war nicht mehr zu verheimlichen. Er verteilte ihn sorgsam über die kahle Fläche seines Kopfes. Eitelkeit? Jeden Morgen führte es zu einer kleinen Gewissenserforschung. Aber hatte nicht jeder Mensch die Pflicht, mit den schwindenden Ressourcen der Natur haushälterisch umzugehen? Er erteilte sich die Absolution.

Agnes erwartete ihn schon. Sie wünschten sich routiniert, aber nicht ohne Herzlichkeit, ein gesegnetes Osterfest.

Der Frühstückstisch war blitzsauber hergerichtet und reich gedeckt. Auch ein farbiges Ei zierte beide Plätze. Es konkurrierte mit dem Blumenstrauß, den sie frisch im Garten geschnitten hatte. Das Weißbrot war weiß, der Honig golden und süß und der Kaffee wie üblich eine Spur zu steif. Sie aßen in behaglichem Schweigen.

Schließlich sah Agnes auf die Uhr.

»Es ist Zeit«, sagte sie und duldete keinen Widerspruch.

Die Kirche …

war gut besetzt. Einige Leute standen sogar an den Wänden. Die Sonne flutete in breiten Streifen durch die farbigen Fenster.

Nachdem die Orgel das festliche Geschehen mit angemessenem Getöse eingeleitet und die Gemeinde das uralte »Christ ist erstanden« gesungen hatte, nachdem Hausner sie alle begrüßt und die ganze Schöpfung dabei mit einbezogen hatte, intonierten die Männerstimmen des Kirchenchores den lateinischen Introitus »Resurrexit …« Ein bis zweimal im Jahr wagte man sich an ein Stückchen gregorianischen Chorals, rang tapfer mit den verschlungenen Melismen der alte Melodien und konfrontierte die Gemeinde ohne Narkose mit lateinischen Texten.

Anschließend gedachte Hausner der kleinen und großen Schwachheiten, forderte auf zu Buße und Besserung. Während sich nun alle erleichtert niederließen, als sei das Schlimmste schon überstanden, begannen Chor und Orchester das Kyrie der Kilian-Messe. Das Werk hatte ein musikbegabtes Mitglied der Gemeinde vor Jahren in Töne gesetzt, und es gehörte seitdem zum Festtagsrepertoire des Chores. Kantor Theo Bilkhase sorgte für präzise Einsätze und dynamischen Schwung, vor allem beim folgenden Gloria.

Nun begab sich Frau Glöckner ans Pult und trug die Lesung vor. »Brüder, schafft den alten Sauerteig hinaus und werdet ein neuer Teig ...« Die Leute sahen ihr milde zu. Das Rätsel, welches ihrer zahllosen Hütchen sie heute tragen würde, war gelöst. Es handelte sich um das rundliche mit der aufgeworfenen Krempe und dem bunten Blumenstrauß an der Seite. »Darum laßt uns Festmahl halten, nicht mit dem alten Sauerteig der Bosheit und Schlechtigkeit, sondern mit dem ungesäuerten Brot der Lauterkeit und Wahrheit.«

Hausner ließ unauffällig die Blicke schweifen. Alles war, wie es sich gehörte. Die Leute fühlten sich rundum wohl. Das angenehme Frühstück daheim, die nicht zu frühe Morgenstunde, das gewohnte Ritual und die sanften Klänge der Musik gehörten für sie von Kindesbeinen an zusammen. Aus alledem hob sich die ihnen vertraute Gestalt des Ostermorgens. Sie glich allerdings mehr einem jener frommen Andachtsbildchen, die zuweilen wie gepreßte und vergilbte Blumen aus alten Gebetbüchern fielen. Sie hatte nichts zu schaffen mit der grausigen Härte des zu Tode geschundenen Herrn und dem gespenstischen Skandal seiner Auferstehung. Es war auch kaum der frohe Glaube, daß der Tod überwunden sei, und es bei allem Elend mit der Welt letzlich doch zum besten stünde.

Die Männerschola sang das lateinische Graduale und die anschließende Sequenz »Victimae paschali laudes ...«

Hausner schloß die Augen und lauschte. Das war nicht der abgerundete Klang der Benediktiner von Solesmes, den er als Student auf einer Frankreichreise gehört hatte. Aber sie gaben sich Mühe. Jemand hatte einmal gesagt, das Gegenteil von Kunst sei es, das Beste gewollt zu haben. Von Kunst, nicht von Moral. Hier handelte es sich eher um Moral. Immerhin, die herben

Intervalle des einsilbigen Gesangs reinigten die Atmosphäre vom Duft der Hefekränze und Schokoladeneier.

Hausner sah auf seine Hände. Der »frohe Glaube« war längst verblaßt. Auch die Oberen der Kirche ließen nicht viel davon spüren. Wer ihn überhaupt noch öffentlich bekannte, tat es in alter Gewohnheit. Ein geringer Einwurf genügte, und er gab sich mit einem verständnisvollen Lächeln geschlagen.

Der Gesang erlosch. Es war Zeit für das Evangelium. Er erhob sich. Zwei Meßdienerinnen begleiteten ihn mit ihren großen Kerzen zum Ambo. Die Gemeinde stand auf.

Er las die merkwürdige Geschichte der drei Frauen, die am Morgen des Paschafestes zum Grabe gingen und es geöffnet fanden. Er las von ihrem Erstaunen, das ans Entsetzen grenzte. »Fürchtet euch nicht. Ihr sucht Jesus von Nazaret, den Gekreuzigten. Er ist auferstanden und nicht mehr hier.« Er beschrieb mit den Worten des Evangelisten das rätselvolle Ereignis, das der Geschichte eine neue Strömungsrichtung gab. Und dann schlug er das Buch wieder zu. Niemand war blaß geworden. Niemand schrie oder jubelte. Die Gemeinde ließ sich in die Bänke fallen, bereit, mit demselben Gleichmut seine Predigt entgegenzunehmen.

Er hatte keine Predigt. Er war nicht dazugekommen, eine vorzubereiten. Er mußte aus dem Stegreif zu ihnen sprechen, jedem Gedanken folgen, blitzschnell prüfen, was er enthielt, wie gut er sich ans Vorige knüpfte und welchen Vorteil er für das Folgende bot. Später würde er sich fragen, ob vielleicht alles anders gekommen wäre, wenn er seine Predigt vorbereitet hätte. Ein Konzept, ein Manuskript oder wenigstens eine Stichwortkette waren wie das Netz des Akrobaten oder das Seil des Bergsteigers. Man wußte, wo man ging und wohin man wollte. Die freie Rede dagegen wich vom rechten Wege ab. Sie machte durchlässig fürs Unvorhersehbare.

»Liebe Schwestern und Brüder«, begann er, »die Tage haben verschiedene Namen. Die Nacht hat nur einen. Jedes Jahr gibt es einen neuen Frühling und ein neues Osterfest, aber die Botschaft dieses Tages bleibt immer die gleiche: Christus ist auferstanden. Das Grab ist leer. Die Geschichte der Jahrhunderte, die wechselnden Völker, das Auf und Ab der Schicksale, welche unendliche Vielfalt der Namen und Gesichter! Die Nacht der Auferstehung hat nur einen Namen. Sie bedarf keiner Erklärung. Sie erklärt sich nur durch sich selbst. Sie ist von Anfang an und bleibt bis zum Ende das ungeheure Rätsel. Und mit diesem Rätsel, so behauptet es die Bibel, stehen wir und fallen. An ihm scheiden sich die Geister. Vor ihm, heißt es, teilt sich die erlöste und die unerlöste Welt. Eine offene Frage, ein Rätsel: Das ist die ganze Erklärung, die das Christentum zu bieten hat. Liebe Schwestern und Brüder, ich kann dieses Rätsel nicht lösen, ich kann die offene Frage nicht ...«

Und hier genau geschah es. Seine Rede stockte, mitten im Fluß der Gedanken, mitten im Satz, den er gerade sprach. Sie brach einfach ab wie ein gerissenes Tonband, und Stille breitete sich aus wie ein Ölfleck auf dem Wasser. Unwillkürlich strich er sich über die Augen, was später fälschlicherweise als körperliches Unbehagen gedeutet wurde, aber für ihn war es eine Geste des Erstaunens über eine Tatsache, die ihrerseits völlig klar und durch keinen Zweifel getrübt vor seinem inneren Auge stand: Pfarrer Hausner hatte seinen Glauben verloren. In diesem Moment, ohne den Hauch einer Vorwarnung und, wie er es deutlich spürte, so gültig und so endgültig wie ein Mensch überhaupt etwas erleben kann.

Von einer Sekunde zur anderen entleerte sich alles, was ihn umgab: die geschnitzten und gemalten Bilder des Altares waren plötzlich nur noch geschnitzte und gemalte Bilder. Das rote Evangelienbuch mit metallenen Bügeln und Goldschnitt, war nur noch ein aufwendig gestaltetes Buch. Die Botschaft, die er eben noch verkündet hatte, die Lieder, die gesungen, die Texte, die gesprochen worden waren: alles leer. Töne, Worte, Grammatik. Sie traten zur Seite wie eine Wand aus Papier, öffneten sich wie ein Vorhang aus altem Stoff, und dahinter war nichts. Die Bühne war leer. Ganz klar stand es vor ihm: Der christliche Glaube, die Lehre der Kirche und darüber hinaus alles, was Menschen jemals über den Rand ihrer Zeit und ihres Raumes hinaus gehofft, gedacht und gewollt hatten, waren Irrlichter ihrer Fantasie, biochemische Gewitter in Hirnzellen, waren magischer Erklärungsbedarf für das jeweils noch nicht Begriffene. Gott war nicht tot, denn er hatte nie gelebt. Er hatte nie existiert.

Ganz klar stand es vor ihm. Alles was er bisher gedacht, studiert und als Pfarrer getan hatte, war gut gemeint und hatte Geltung gehabt innerhalb der Wände seines Nichtwissens, aber diese Wände stürzten ein, in diesem Moment, und alles verflüchtigte sich wie ein Nebel, wie ein Duft, der zweitausend Jahre lang in seiner Phiole gefangen und verschlossen und dessen Siegel nun geöffnet war.

Er wußte, daß andere Ähnliches erlebt hatten, aber dann in einem jahrelangen Gewöhnungsprozeß, als allmähliches Ausdünnen ihrer Überzeugungen und Austrocknen ihrer Traditionen, als leichtsinniges Nichtmehrwahrhabenwollen oder als qualvolle Ablösung von der früheren Existenz. Ihm geschah es plötzlich, wie ein Blitz aus heiterem Himmel, jäh und unbezwinglich.

Andere waren so plötzlich zum Glauben gekommen. Eine Vision, ein Licht, eine Stimme, ein Erlebnis, eine Begegnung hatten sie erschüttert. Aus Verfolgern wurden Verehrer, aus Spöttern und Zweiflern wurden glühende Verteidiger. Bis in die Gegenwart hinein bezeugten Menschen, daß es sie von einem Moment zum andern erleuchtet hatte.

Bei ihm war es umgekehrt. Die ganze Welt seiner Erziehung, seines Studiums, seines Lebens und Wirkens als Kaplan, als Pfarrer fiel in sich zusammen, implodierte zu nichts, erlosch spurlos, als sei sie mit ihrer Anti-Welt in Berührung gekommen.

Die Gemeinde war wie erstarrt. Die Stille ergoß sich über die Kleider und Köpfe, legte sich wie ein klarer Gletscher in die Zwischenräume und schmolz sie alle zu einem einzigen Körper zusammen. Noch einmal vergingen endlose Sekunden. Dann räusperte sich der Pfarrer, holte tief Luft und sagte mit erstaunlich fester Stimme:

»Meine Damen und Herren ...« Er sagte nicht »Schwestern und Brüder«. »Mir ist gerade etwas Merkwürdiges widerfahren, und ich bin Ihnen eine Erklärung schuldig. Seit siebenundzwanzig Jahren bin ich Pfarrer dieser Gemeinde, und ich habe Sie nie belogen. Ich werde es auch jetzt nicht tun, aber ich muß Ihnen eine Mitteilung von großem Ernst und großer Bedeutung machen: Ich habe gerade meinen Glauben verloren. Ich weiß nicht, warum und weiß nicht wie, aber es ist geschehen. Ich bitte Sie um Verständnis, aber ich kann diesen Gottesdienst nicht fortsetzen und werde ihn hiermit beenden. Ich habe keine Ahnung, welche Schritte nun nötig sind, aber ich werde Sie über alles weitere informieren. Inzwischen bitte ich Sie, sich in Dingen der Seelsorge an den Kaplan zu halten. Natürlich werde ich unseren Bischof um Entlassung bitten, damit er bald für Ersatz sorgen kann und Sie wieder die geordneten Verhältnisse bekommen, die Ihnen zustehen.«

Einen Moment blieb er unschlüssig stehen, so als hätte er selbst kein Wort seiner Rede begriffen und als müßte ihm nun jemand sagen, daß sie zu Ende wäre und wie er sie gemeint hätte. Die Stille wurde noch hörbarer. Sie lastete jetzt wie ein Luftdruckschock auf den Ohren. Sogar die Kinder spürten, daß sich etwas ereignet hatte, wofür sie nicht verantwortlich waren.

»Also dann ...« sagte Hausner, verneigte sich leicht und ungeschickt und ging mit steifen Schritten zur Sakristei, ohne – wie sonst üblich – vor dem Altar innezuhalten und das Allerheiligste durch eine Kniebeuge zu ehren.

Die Gemeinde blieb ratlos zurück. Aber sie war nicht mehr der homogene Block des ersten Schrekkens. Sie zerfiel jetzt schnell in einzelne Schnaufer, Atemzüge, unterdrücktes Kichern. Sie stand unschlüssig, löste sich auf.

»Was war das denn?« fragte Frau Pullig ihren Mann. Der hatte keine Ahnung und zuckte nervös mit einem Augenlid. Lehrer Freundlich von der Nordschule hatte als erster eine Idee. »Wahrscheinlich ein pädagogischer Impuls«, dachte er. »Wir sollen emphatisch spüren, daß wir einen Pfarrer brauchen. Raffiniert, ganz schön raffiniert.« Er suchte den Blick von Frau Altenhöfc, Lehrerin an der Südschule. Sie mußte es doch auch begriffen haben. »Jede Wette, daß der gleich zurückkommen wird. »Seht ihr, so ist das, wenn's keine Priester mehr gibt. Dann ist Ostern nur noch die Hälfte wert.« Ein mickriges Lernziel, aber man wird ja bescheiden.«

Dem Kirchenchor, der die Predigt im allgemeinen dazu benutzte, hinter dem Sichtschutz der Balustrade tuschelnd Neuigkeiten auszutauschen, hatte es Ton und Stimme verschlagen. Organist Bilkhase geriet völlig aus dem Takt. Er starrte mit leerem Blick auf den Ablaufzettel, den er sich vor der Messe in der Sakristei geholt hatte. Was hier jetzt ablief, war nicht geplant. Hilfesuchend sah er sich um. War ein Zwischenspiel angebracht oder sollte der Chor schon mal das Credo singen? Ein Geräusch ließ ihn herumfahren.

Drei, vier Frauen knieten sich in die Bänke, nestelten ihren Rosenkranz aus der Handtasche und begannen halblaut zu murmeln. Sie waren nicht sicher, ob es nützen würde, aber es konnte auch nicht schaden. In der Kirche geschahen seit dem Konzil immer wieder so merkwürdige Dinge. Da mußte man halt in christlicher Demut abwarten, daß es vorüberging.

Die Meßdiener und Meßdienerinnen wußten auch nicht recht, was jetzt ihres Amtes war. Sie zupften nervös an ihrem Rochett oder blickten grinsend in die Runde. Die meisten Anwesenden runzelten fragend die Stirn oder stiegen unschlüssig von einem Fuß auf den anderen. Niemand konnte sich erinnern, dergleichen schon erlebt oder davon gehört zu haben, und nicht wenige weigerten sich überhaupt, ihren Sinnen zu trauen und voreilige Schlüsse zu ziehen.

Der alte Klonke hielt es als erster nicht mehr aus. Er schnarrte ein »Gottverdammich«, griff nach seinem Spazierstock und schob sich polternd aus der Bank. Und jetzt wollten es alle: Raus. Erst einmal raus. Sie brauchten Luft und Licht. Der Kirchenraum, in dem sie sich oft genug verloren fühlten, war ihnen plötzlich zu eng geworden.

Die Leute ...

hatten keinen Blick mehr für die Ostersonne, die unschuldig auf Gute und Böse herniederschien. Der Platz zwischen Kirche und Pfarrzentrum war bald gefüllt von kleinen und großen Gruppen. Sie standen zunächst stumm und erschüttert umeinander, begannen dann aber, mit wachsender Lautstärke aufeinander einzureden.

Der Skandal war perfekt. Man war ja von der Kirche allerhand gewöhnt. Längst war sie nicht mehr der sichere Fels in der Brandung, an dem man sich in jeder Lebenslage festhalten oder wenigstens reiben konnte. Und sie war auch nicht mehr die geheimnisvolle Unbekannte, deren Schleier man nur bei Strafe der Hölle lüftete. Das Konzil, die liturgischen Experimente der letzten Jahre, neuartige Gremien und heftige theologische Kontroversen hatten die feste Außenhaut der »Braut Christi« durchlöchert. Überall gab es Spannungen und Risse. Das war für die einen Hoffnung und Triumph, für die anderen Gelegenheit zu ängstlicher Sorge und für den Rest mindestens ein abwechslungsreiches Schauspiel. Aber dies! Dies war wohl das Letzte. So durfte sich ein Geistlicher nicht gehenlassen. Glaubenszweifel, na schön, davor war keiner sicher. Sowas hatte man gelegentlich, aber bitteschön, es waren peinliche Vorkommnisse, unreine Ausscheidungen und auf jeden Fall innere Angelegenheiten, bei denen man sich jede Einmischung verbat. Und nun hier der moralische Zusammenbruch des Pfarrers, in aller Öffentlichkeit? Von der Kanzel, die doch wahrlich anderen Zwecken diente? Im Hochamt des Ostersonntags? Unmöglich!

»Soweit ist es gekommen!« rief Frau Voss. Sie wußte immer und sagte es bei jeder Gelegenheit, wie weit es schon gekommen war.

Ihr Mann pflichtete vorsichtshalber bei. »Wer hätte das gedacht! Nicht einmal auf den Pfarrer kann man sich noch verlassen.«

»Der eigene Pfarrer!« unterstrich Frau Turferth.

»Na ja«, warf Herr Winger ein, »vielleicht klärt sich noch alles auf. Vielleicht ist das nur eine – wie soll ich sagen – eine geistliche Unpäßlichkeit. Man ist ja auch nicht immer auf der Höhe.«

»Eine Unpäßlichkeit? Ich bitte Sie, ein Pfarrer sollte sich beherrschen können. Das ist mehr als eine Laune oder Glaubensmigräne.«

Einige lachten und beschlossen, sich den Begriff zu merken.

»Wenn Sie mich fragen«, Herr Pelzer senkte die Stimme und blickte sich vorsichtig um. »Ich glaube nicht, daß wir schon die ganze Wahrheit wissen. Das ist nur die Spitze des Eisbergs. Da stecken noch ganz andere Sachen hinter.«

»Sachen?« Frau Krippendorf lachte höhnisch auf. »Ich sage nur ›cherchez la femme‹.«

Die meisten warteten ab, bis die übrigen zu schmunzeln begannen. Natürlich. Das wäre eine plausible Erklärung. Darauf hätten sie eigentlich schon kommen können.

»Aber wer?«

Zehn, fünfzehn Augenpaare schwärmten aus, um die anwesenden Damen unter die Lupe zu nehmen.

»Ach Quatsch«, meinte Herr Sürth, »wenn eine Frau dahintersteckt, wird sie jetzt gewiß nicht hier herumstehen. So harmlos könnte keine tun, die sowas auf dem Gewissen hätte.«

»Haben Sie eine Ahnung!« rief Herr Gatzweiler, der offenbar eine Ahnung hatte, wie harmlos verruchte Frauen tun können.

»Und die Kinder!« jammerte Frau Pirsch, »Der Schaden ist nicht wieder gutzumachen. Da bemüht man sich, ihnen den Glauben und die Treue zur Kirche beizubringen ...«

»Und das ist schwer genug ...« ergänzte Frau Dumeyer, »äh, in der heutigen Zeit, meine ich ...«

» ...allerdings! und da fällt einem ausgerechnet der Pfarrer in den Rücken. Ich sage es Ihnen, der Schaden ist nicht wieder gutzumachen.«

Die geschädigten Kinder hatten sich längst entschieden, die Sache von ihrer angenehmen Seite zu nehmen. Für sie war es nur noch ein Osterhochamt, das erfreulich früh zu Ende gegangen war. Und solange die Erwachsenen noch irgendwas zu bereden hatten, konnte man in den Winkeln des Pfarrzentrums herrlich toben und spielen.

Auch die wenigen Jugendlichen, die es oder die man in das Hochamt getrieben hatte, schienen innerlich nicht sehr aufgewühlt. Sie fanden das »Outing« von »Blacky Hausner« eigentlich ganz cool. Soll der doch 'ne Fliege machen, wenn er's endlich begreift und keinen Bock mehr hat. Wozu die ganze Bambule? Aber die Grufties rafften mal wieder nix. Und überhaupt, war doch endlich mal was los in dem scheintoten Kaff.

Für die Alten hatte man inzwischen eine Bank aus dem Pfarrsaal geholt. Sie saßen da und schüttelten stumm die Köpfe. So weit man zurückdenken konnte, war dergleichen nicht geschehen, und es galt ihnen als Vorbote schlimmer Ereignisse.

Drei Mitglieder des Kirchenvorstands hatten sich in die Pfarrbücherei zurückgezogen und improvisierten eine Krisensitzung. Sie machten sich ernstlich Sorgen um den guten Ruf der Gemeinde.

»Ein solcher Skandal«, meinte Herr Winter, »ist doch Wasser auf die Mühlen der Kirchengegner. Der Schaden ist nicht zu reparieren.«

»Richtig. Wir müssen sofort die Konten sperren.« Rendant Zipp hatte nur den letzten Teil gehört und dachte an verbrecherischen Bankrott. Er hatte beruflich mit derlei Dingen zu tun und stellte sich nun einen Pfarrer vor, der die Ersparnisse der Kilian-Gemeinde auf ein Schweizer Nummernkonto verschob.

»Ich meine das eher ideell«, erläuterte Herr Winter. »Es gibt starke Kräfte in der Gesellschaft, die für jeden Anlaß dankbar sind, die Kirche in Mißkredit zu bringen.«

»Richtig«, nickte der Rendant. »Wer wird uns noch Kredit geben, wenn wir so wenig Sicherheiten bieten können?«

»Sie verstehen mich nicht ganz. Ich meine den Verlust an geistlichem Gewicht und an Glaubwürdigkeit.«

»Ach so, ja, richtig. Eine verlustreiche Sache, das Ganze. Die Börse würde sehr nervös reagieren, wenn ...«

Herr Winter gab es auf. Dafür mischte sich Rektor Liesegang ein.

»Die Presse wird natürlich auch bald Wind bekommen, oder sehen Sie eine Möglichkeit, die Angelegenheit unter den Teppich zu ...« Er unterbrach sich selbst und deutete entsetzt nach draußen. Es war schon alles zu spät. Gerade bog Gaurich um die Ecke.

Gaurich bog immer um die Ecke, wenn es irgendwo kochte. Er versorgte die Lokalpresse mit Berichten. Dabei hatte er ein sicheres Gespür für die innere Dramatik und Brisanz der Ereignisse und so gar kein Gespür für die Persönlichkeitsrechte und schutzwürdigen Interessen der Beteiligten.

Resigniert ließen die drei Herren die Arme sinken. Nun konnte man nur noch zuschauen. Schon hatte Gaurich ein erstes Foto geschossen und mischte sich unauffällig unter die wild gestikulierenden Leute. Sie bemerkten ihn nicht. Im Gegenteil, die Erregung näherte sich ihrem Höhepunkt.

Plötzlich schlug sich Frau Veith vor die Stirn.

»O Gott, mein Braten!«

Das Stichwort zündete. Zahlreiche Frauen fuhren in alle Richtungen auseinander. Die Schreckensvision eines verkohlten Festtagsbratens stellte alles Vorherige in den Schatten.

Gaurich war es zufrieden. Er hatte die nötigen Informationen beisammen.

Agnes …

staunte nicht schlecht, als sie ihren Bruder so früh und plötzlich wieder vor sich sah. Ihm war es gelungen, während der Schreckminuten seiner Gemeinde die Kirche zu verlassen.

»Was ist los?« fragte sie konsterniert.

Hausner legte den Verkündigungskalender auf die Anrichte und versuchte, etwas Zeit zu gewinnen, indem er das faltig verschobene Spitzendeckchen ordnete.

»Es bedeutet nichts. Es ist. Es ist geschehen, ganz einfach geschehen.«

»Was ist geschehen?«

»Ich habe meinen Glauben verloren.«

»Was hast du?«

Er machte eine Geste der Hilflosigkeit. Er begriff zum ersten Mal, daß es Menschen geben würde, denen er sich mit seinem Schritt nicht verständlich machen konnte.

»Es ist, wie ich es sage: Ich habe meinen Glauben verloren. Aus. Es hat irgendwann begonnen, und es ist heute zu Ende gegangen.«

Sie rührte sich nicht vom Fleck und starrte ihn an wie eine monströse Erscheinung.

»Und die Leute? Und das Hochamt?«

»Es ist zu Ende. Die Leute sind noch da. Ich habe es ihnen gesagt und bin gegangen.«

Agnes tat ihm leid. Sie ging nicht unruhig auf und ab, sie rang nicht nach Fassung, sie stand einfach da, unbeweglich, als habe sie sich von einem Menschen in einen Gegenstand verwandelt.

»Aber du wirst doch eine Erklärung haben«, sagte sie in einem Ton, der jede Erklärung von vornherein sinnlos machte.

»Nein. Ich habe keine Erklärung. Es war plötzlich da, wie eine Tür, die sich öffnet oder ins Schloß fällt. Und plötzlich ist alles anders. Und ich habe nichts dazu beigetragen. Es kam über mich. Es ist wie ein ... wie ein Wunder ... mit umgekehrten Vorzeichen sozusagen. Ich wußte nicht, daß so etwas geschehen kann. Aber nun ist es geschehen. Heute. Dort drüben. Das weiß ich, und mehr weiß ich nicht.«

»Ist dir klar, welchen Skandal du damit ...«

»Skandal oder nicht, ich habe es nicht provoziert, es ist mir nicht eingefallen, es ist geschehen, und es ist zunächst einmal mir geschehen, mir und niemandem sonst. Die Leute werden es verkraften. Sie haben Schlimmeres erlebt.«

»Wilhelm!« ihre Stimme klang nun vorwurfsvoll und bekam damit einen menschlicheren Zug. »So etwas gibt es nicht. Niemand kennt dich so genau wie ich. Du bist kein Spinner. Du bist einen geraden Weg gegangen. Ich habe dich begleitet, immer, mal aus der Nähe, mal aus der Ferne. Du bist ein vernünftiger Mensch. Du machst keine Sprünge, und niemand hat dich gedrängt oder gezwungen, Geistlicher zu werden. Es war von Anfang an deine eigene Entscheidung. Ich glaube nicht, daß sowas plötzlich, von einem Augenblick zum andern ... Das ist kein Hemd, das man einfach auszieht. Was hast du dir dabei gedacht? Sag, daß es ein Scherz ist, ein schlechter Scherz.«

Er spürte das tiefe Entsetzen in ihrer Stimme. Er

wußte, daß auch ihr Leben betroffen war. Er machte eine hilflose Armbewegung, einen ungewissen Schritt, er suchte nach einem Wort und wußte gleichzeitig, daß es dieses Wort nicht gab. Es gab Ereignisse, die in seiner und ihrer Sprache nicht vorgesehen waren.

»Es ist kein Scherz«, sagte er. »Und ich bin auch nicht verrückt. Es ist wie ein ... wie ein religiöser Schlaganfall. Ja. Warum soll das unmöglich sein? Es gibt Menschen, die von einem Augenblick zum andern ihren Glauben finden. Bei mir ist es umgekehrt. Ich hab ihn verloren. Das ist alles. Vielleicht werde ich bald darunter leiden. Im Augenblick spüre ich nichts. Noch gestern hätte ich es nicht für möglich gehalten. Aber es ist möglich. Und es ist kein Grund zum Haareraufen.«

Er versuchte ein linkisches Lächeln.

»Und es ist wahrlich kein Grund, einen saftigen Osterbraten verbrennen zu lassen.«

Tatsächlich signalisierten die Küchendüfte akute Gefahr für das vorgesehene Festtagsessen. Agnes blickte ihn noch einmal lange und beschwörend an. Dann flüchtete sie sich in die Mechanik ihrer häuslichen Pflichten. Noch immer glaubte sie an einen Scherz, dessen Spielregeln ihr unbekannt waren. Vielleicht mußte sie nur abwarten, bis auch sie die Pointe begriff. Und ganz gleich, was hier vorgefallen war, ein kräftiges Essen war vielleicht geeignet, die Bodenhaftung wieder herzustellen.

Hausner ging zum Fenster und sah in den Garten. Die Sonne stand hoch und sorgte für ein festliches Lichter- und Schattenspiel. Drüben im Schloßpark hatten die Kastanien schon Blätter angesetzt. Davor duckten sich die schiefen Dächer einer Altstadtgasse. Links – wie ein Echo – standen die Giebel des Pfarrzentrums. Er selbst hatte den Bau vor fünfzehn Jahren durchgesetzt und die Pläne entworfen. Ein Dorf sollte es sein, ein kleines Ensemble von Räumen, Dächern, Winkeln mit Platz und Brunnen, und auch nicht ohne Kegelbahn und »Kilians-Kneipe« im Keller. Darüber erhob sich der Kirchturm, eine merkwürdig gestauchte Zwiebel, die nicht sonderlich deutlich in den Himmel wies, stattdessen hier zu wurzeln schien. Den Sockel bildete ein rotweißes Schmuckband, Hinweis auf die mittelalterliche Abhängigkeit vom Erzbischof. Der hatte gleich drüben eine mächtige Trutz und Zwingburg errichtet, nachdem ihn die Patrizier aus ihrer Stadt verjagt hatten. Heute war das Signum einstiger Macht oder Ohnmacht nur noch eine romantisch verwilderte Ruine, in deren Türmen die Eulen über den Lauf der Dinge grübelten.

Dies alles würde er verlassen müssen. Zum erstenmal spürte er, daß das »Ereignis« auch Konsequenzen für sein materielles Dasein haben würde.

Nebenan klapperten Töpfe und Teller lauter als üblich, immer wieder unterbrochen von Passagen völliger Stille. Dann schien Agnes innezuhalten und die Wand anzustarren. Einmal kam sie kurz herein und stellte mit energischem Griff den Fernseher an. Hausner nickte. Das Bild zeigte den Petersplatz in Rom. Ein kleinmaschiger Teppich aus Menschengesichtern, winkenden Armen, Spruchbändern erwartete den Stellvertreter Christi und seinen Segen, der der Stadt und dem ganzen Erdkreis gelten sollte.

Hausner fragte sich, ob er höflicherweise hinausgehen solle, aber er fand keinen Grund dafür. Warum sollte er nicht hier stehen und zuschauen, wie jener weißgekleidete ältere Herr dort auf der Loggia des Petersdoms in vielen Sprachen die Menge begrüßte und ihr ein Gefühl seines Wohlwollens vermittelte. Er ließ sich in seinem Schaukelstuhl nieder und folgte der Handlung. So also sahen es die Leute, die dem Papst und der Kirche indifferent gegenüberstanden, sei es, weil sie einer anderen Religion oder gar keiner anhingen. So mußten sie es empfinden, wenn sie durch Zufall und Unachtsamkeit in diese Sendung gerieten. Er wunderte sich, daß er weder Abwehr noch nostalgische Gefühle hatte. Es war allenfalls ein wenig absurd, hier zu sitzen, im schwarzen Anzug des katholischen Priesters, der eben noch das Fragment eines österlichen Hochamtes abgeliefert hatte, drei Jahrzehnte seelsorgerlichen Daseins überblicken konnte und keine Ahnung hatte, was ihm der nächste Moment, der nächste Tag, die nächsten Wochen und Monate bringen würden.

Die Kamera zeigte den weißen Mann aus der Nähe, denn das römisch-katholische Volksfest mündete nun in der geistlichen Handlung des Segens. Agnes erschien in der Küchentür und trocknete sich die Hände an der Schürze ab. Sie schwieg. Vielleicht dachte sie an die vielen Ostertage daheim, wo der päpstliche Segen zum ehernen Bestand des Morgens gehörte, zunächst nur über Radio, dann schwarzweiß im Fernseher und zuletzt in Farbe. Vielleicht hoffte sie auch, daß ihr Bruder nun aufstehen werde, ihre Hände ergreifen und das Rätsel mit einem Satz erklären würde.

» ...descendat super vos et maneat semper.«

Der Segen war gesprochen und ging spurlos um die Welt. Der Sprecher verabschiedete sich. Eurovisionshymne. Ein Kranz gelber Sterne auf blauem Grund. Agnes trug das Essen auf.

Wenig später erklangen Geräusche von der Eingangstür. Kaplan Leske kam gut gelaunt herein. Bei den Herriger Bauern war alles glatt gegangen.

»Oh, schon fertig?« fragte er, als er Hausner im Schaukelstuhl sitzen sah. »Dann war es eine kurze Predigt.»

»Ja«, sagte Hausner, »es war eine kurze Predigt.«

Leske setzte sich an den Tisch und blickte mißtrauisch von einem zum anderen. Irgend etwas war nicht in Ordnung. Vom Auto aus hatte er österlich gekleidete Kirchgänger gesehen, die sich fast zu prügeln schienen. Als sie ihn erkannten, hatten sie verlegen weggeblickt. Blitzschnell fragte er sich, ob er etwas angestellt hatte, war sich aber keiner Schuld bewußt. Agnes sprach das Tischgebet. Sie artikulierte klar und deutlich, daß unser Herr Jesus der Gast sein und die von ihm bescherten Speisen segnen möge. Leske blickte sie unter den Augenlidern an. Nur sein Unterbewußtsein nahm wahr, daß Pfarrer Hausner kein Kreuzzeichen machte.

»Na dann woll'n wir mal!« rief er, nahm den Suppenlöffel und tauchte ihn in die dampfende Terrine. Es war wie ein letzter Versuch, die Normalität wieder herzustellen. Der Versuch mißlang. Er ließ den Löffel, wo er war und lehnte sich zurück.

»Was ist los?«

Nun nahm Hausner den Suppenlöffel, füllte sich auf – Bouillon mit Eierstich, Markklößchen und Spargelstücken – und sagte im Tonfall einer eher beiläufigen Nachricht: »Ich habe meinen Glauben verloren.«

»Was hast du?«

»Ich habe meinen Glauben verloren!«

Kaplan Leske machte Augen wie ein Karpfen. Dann lachte er hell auf, bereit, das Spielchen mitzuspielen, um nicht hinterher der Dumme zu sein.

»Und wo hast du ihn verloren?«

»Beim Hochamt. Drüben, in der Kirche.«

»Na wunderbar! Kein Problem. Wir gehen gleich hinüber und suchen ihn. War es vor oder hinter dem Altar? Oder schon in der Sakristei? Vielleicht hat ihn längst jemand gefunden und zum Fundbüro gebracht.«

Er klatschte begeistert in die Hände. »Vorausgesetzt, es war ein ehrlicher Finder, der ihn nicht selbst behalten will. Was meinst du, Agnes, wie hoch ist der Finderlohn und wie zahlt man ihn aus?«

Er bekam einen so heftigen Lachanfall, daß ein Husten daraus wurde.

Hausner löffelte ruhig seine Suppe und sah dem jungen Konfrater zu. Agnes hatte noch gar nicht angefangen. Sie hielt die Hände verschränkt. Die Knöchel traten weiß hervor.

Auf Gaurich war Verlaß ...

und auch die Leser des EXPRESS hatten feste Gewohnheiten. Morgen für Morgen erwarben sie die nötigen Kenntnisse des informierten Zeitgenossen durch ein Exemplar des Blattes, das mit großen Schlagzeilen und kessen Bildern, mit der Weltlage, Sportergebnissen und anrührenden Schicksalen aufwartete. Das Dessert bot die »Bunte Seite«, die allerdings auch nicht bunter war als alle anderen. Am heutigen Dienstag war dort von einem Lottokönig die Rede, der seinen Gewinn in einer einzigen Nacht durchgebracht hatte. Ein schamloser Fotograf hatte dem Topmodel Marina beim Sonnenbaden aufgelauert und ein gut belichtetes Foto geschossen. Der Artikel beklagte die Frechheit solcher Paparazzi, die jeglichen Respekt vor der Intimsphäre anderer Leute missen ließen. Um der journalistischen Sorgfaltspflicht willen war das inkriminierte Foto in voller Tiefenschärfe abgedruckt. In Würzburg gab es seit gestern einen Übungsfriedhof für Leichenbestatter, und am englischen Königshof machte man sich ernstlich Sorgen um Videobänder, auf denen Prinz Charles die Wahrheit über Lady Di dokumentiert hatte.

Und rechts unten fand auch das Ereignis von St. Kilian seine angemessene Würdigung: »Skandal beim Hochamt«. Man erfuhr, daß Pfarrer Wilhelm Hausner –

bis dahin unbescholtener Seelsorger von St. Kilian – während der Osterpredigt einer plötzlichen Eingebung folgend »die Brocken hingeworfen« und »das Weite gesucht« habe. »Erschütternde Szenen« hätten sich in der Kirche und auf dem Vorplatz abgespielt. Über die Hintergründe könne man nur spekulieren, aber man dürfe sich auf einige Überraschungen gefaßt machen, denn »bei Gott sei offenbar kein Ding mehr unmöglich«. Ein Foto zeigte wild gestikulierende Gottesdienstbesucher, die dem apokalyptischen Ereignis schutzlos ausgeliefert schienen.

Bis neun sickerte die Geschichte in die oberen Schichten des öffentlichen Interesses. Einige Leser überzeugten sich mit einem Blick auf den Kalender, daß es sich nicht um einen Aprilscherz handelte. Andere schüttelten nur den Kopf, und das konnte mancherlei bedeuten. Die meisten fanden es allerdings weitaus wunderlicher, wenn erwachsene Menschen heute noch am Ostermorgen in die Kirche gingen, als daß ein Pfarrer dieselbe vorzeitig verließ.

Gegen zehn Uhr schrillte bei Cornelius Beierle das Telefon. Beierle war Pressesprecher des Kardinals und hatte die undankbare Aufgabe, für alles verantwortlich zu sein, was die Öffentlichkeit dem Oberhirten übelnahm.

Ob er den Bericht gelesen hätte, fragte ihn ein Reporter des Generalanzeigers.

»Ja, sicher!« log Beierle und machte seiner Sekretärin wilde Zeichen, den EXPRESS zu bringen.

Wer denn dieser Pfarrer sei und was man von der Sache zu halten habe. Beierle kannte weder den Pfarrer, noch wußte er, was er davon halten sollte. Er dehnte seine Antwort ins Ungefähre und empfahl, sich doch bittschön an die Quelle selbst zu wenden. Im übrigen sei er überzeugt, daß sich das Ganze als ein etwas zu dünn gekochtes Osterei entpuppen werde.

»Wahrscheinlich hat der Mensch während seiner Predigt einmal geniest, und der EXPRESS hat davon Wind bekommen. Und wenn der EXPRESS Wind erntet, wird er Sturm säen.«

Er lachte über den gelungenen Aphorismus und fühlte sich fürs erste gerettet. Pflichtschuldigst nahm er die Schere, schnitt den Artikel aus und legte ihn in die Pressemappe.

Wenig später lag diese auf dem Schreibtisch des Kardinals, und nachdem Malte Faßbender, sein persönlicher Referent, die wichtigsten Meldungen der kirchlichen Nachrichtendienste, des L'Osservatore Romano und der überregionalen Presse vorgelesen hatte, trat Pfarrer Wilhelm Hausner auch hier ins Licht der Öffentlichkeit.

Faßbender hatte den Artikel schmunzelnd und eher flüchtig gelesen. Er sah darin allenfalls eine Glosse, mit der man den Chef ein wenig erheitern konnte. Dieser spitzte jedoch die Lippen und zog hörbar Luft durch die Nase.

Das war ein alarmierendes Zeichen. Die engsten Mitarbeiter seiner Eminenz pflegten zu sagen: »Er nimmt Witterung auf.« Und das hieß: Die Sache war ein ernsteres Problem, als es den Anschein hatte. Der Chef irrte sich selten. Das aber lag daran, daß eine Sache automatisch zum Problem wurde, sobald er sie ernst nahm.

»Wer ist dieser Hausner?« fragte er.

Faßbender hob bedauernd die Schultern. »Keine Ahnung.«

»Schlecht, Faßbender«, tadelte der Kardinal. »Sie werden dafür bezahlt, daß Sie Ahnungen haben.«

»Ich werde mich sofort erkundigen.«

Der Chef stand am Fenster und blickte leicht abwesend hinaus.

»Einmal angenommen, die Sache stimmt, nach Abzug der üblichen fünfzig Prozent Schaumschlägerei. Die Unruhe ist groß da draußen. Die Leute sind nervös. Sie haben kein Vertrauen. Sie können nicht mehr fröhlich glauben, einfach so wie ihre Eltern und Großeltern. Alles wird hinterfragt. Dauernd schreiben sie offene Briefe, und jeder kümmert sich um Probleme, die er gar nicht hat oder die ihn gar nichts angehen. Das ist eine gefährliche Zeit, Faßbender. Da kann so ein harmloser Pfarrer schnell einen Flächenbrand auslösen. Ich fürchte nicht die Theologen. Sie sind mit sich selbst beschäftigt, und sie schreiben. Sie schreiben dicke Bücher mit unendlich vielen kleinen Buchstaben. Nein, Faßbender, gefährlich wäre ein einfacher Pfarrer, der die Begabung fürs Symbolische hat. Wie sagten Sie? Mitten in der Osterpredigt? Läßt die Leute einfach stehen? Das hat was, Faßbender. Wie spät ist es?«

»Es ist Viertel vor elf.«

»Schön, Faßbender, um genau Viertel vor zwölf weiß ich alles über diesen Pfarrer Hausner. Ist das klar?«

Faßbender war schon hinaus.

Im Pfarrbüro ...

klingelte den ganzen Tag über das Telefon. Frau Wetter war begeistert. Das stille Haus in der Schloßstraße schien plötzlich der Mittelpunkt der Welt zu sein. Ein Pfarrer, der an die Auferstehung der Toten, die Jungfrauengeburt, die Unfehlbarkeit des Papstes und die leibhaftige Verwandlung von Brot und Wein in das Fleisch und Blut Christi glaubte, interessierte niemanden. Einer, der dies alles plötzlich nicht mehr glaubte, war der große Star.

Gemeindemitglieder erkundigten sich nach Hausners Befinden. Sie schienen das ganze für eine Infektionskrankheit zu halten und empfahlen bewährte Hausmittel. Die Geistlichen der Nachbargemeinden waren ihrerseits Fragen ausgesetzt und wollten Genaueres wissen oder boten das brüderliche Gespräch an, das in Zeiten der Anfechtung – und wer hätte die nicht zuweilen – aus seelischen Nöten helfen könnte. Immer wieder baten Vertreter der Presse um ein Interview. Ein freier Mitarbeiter des Rundfunks stellte einen Bericht für die Reihe »Gott und die Welt« in Aussicht. Der Privatsender RTL lud Hausner ein, in der Sendung »Locker vom Hocker« mit seiner Kirche »gründlich abzurechnen«. Er solle ruhig eine Honorarforderung äußern.

Frau Wetter fühlte sich wie auf Wolken. Sie hielt sozusagen Audienz am Telefon. Zwar konnte sie nicht verbinden, da Hausner in der Frühe verschwunden war, ohne Ziel oder Zeit seiner Rückkehr zu nennen, aber genau das erlaubte ihr, die Sache mit vagen Andeutungen und hinhaltenden Zusagen unter Dampf zu halten. Bis zum Nachmittag war für jedermann klar, daß sich hinter den schweigenden Mauern des Pfarrhauses ein erschütterndes Seelendrama mit kirchendiplomatischen Verwicklungen abspielte. Dabei ließ sie keinen Zweifel daran, daß der Weg zum Herrn Pfarrer nur über sie führte. Sie müsse nur alles sorgfältig prüfen und werde schon zu gegebener Zeit ihre Entscheidung treffen.

Der Pfarrer hatte das Haus im Morgengrauen verlassen. Vor dem Einschlafen hatte er einen Brief an den Generalvikar verfaßt, in dem er schlicht bekanntgab, daß er seinen Glauben verloren habe und deshalb nicht mehr »im Weinberg Gottes« arbeiten könne. Er stelle hiermit sein Amt zur Verfügung und bitte um nähere Anweisungen. Er bedauere die Unruhe, die sein Schritt zweifellos auslösen werde, fühle sich aber nicht als Herr des Verfahrens und sei bereit, alle nötigen Konsequenzen zu ziehen.

Als er den Brief zum Postkasten brachte, lief ihm Hubert Tresch, der Vorsitzende des Pfarrgemeinderates, über den Weg. Die beiden Männer standen hilflos voreinander. Tresch hatte nicht gut geschlafen, und Hausner spürte, daß er ein erlösendes Wort von ihm erwartete.

»Ich habe für heute abend eine außerordentliche Sitzung anberaumt«, sagte er. »Ich könnte sie jederzeit wieder abblasen.«

Hausner schüttelte den Kopf. »Man muß den Tatsachen ins Auge sehen. Das tut vielleicht etwas weh, aber es ist der einzig sinnvolle Weg.«

»Aber die Leute! Es ist doch, weiß Gott, schwer genug, sie bei der Stange zu halten. Jetzt wird es den großen Dammbruch geben.«

Hausner zuckte die Achseln. »Wenn sie nur solange bei der Stange bleiben, wie sich ihr Pfarrer unauffällig verhält, sind sie längst schon nicht mehr dabei.«

Er ließ seinen Blick über den Marktplatz schweifen. Der Berufsverkehr war voll im Gange. An der Bushaltestelle standen übernächtigte Gestalten. Das Osterfest war abgehakt. Der Alltag bestimmte wieder den Takt.

»In der Kirche gibt es unzählige Leute, die einen großen Fehler machen«, sagte er. »Sie behandeln die Tatsachen, als wären es Argumente, und die Argumente, als wären es Tatsachen.«

Hubert Tresch ahnte, daß der Pfarrer recht hatte und daß es auch jetzt und hier keinen Sinn machte, gegen die Tatsachen zu argumentieren.

»Also dann ...« sagte er unglücklich.

Sie gaben sich die Hand. Hausner fuhr aus der Stadt hinaus. Über den Hügeln im Osten erhob sich die Sonne und tauchte die Felder in glitzerndes Morgenlicht. Er parkte den Wagen am Rand des Waldes und wanderte ohne Ziel durch den grünen Dom. Seine Sinne waren hellwach. Es roch nach Erde und Wasser. Das Licht fiel schräg durch die Zweige, die sich in der Frühlingswärme explosiv begrünt hatten. Die muskulösen Stämme der Buchen schwankten leicht im Wind. Herbst und Winter hatten einige von ihnen umgelegt. Riesige Wurzelräder ragten aus der Bodenwunde empor.

Auf dem großen Mittelweg begegnete er einzelnen Joggern, die ihn nicht beachteten. Auch ein Reiter kreuzte seinen Weg. Alles war selbstverständlich. Es bedurfte keiner Erklärung. Blätter, Zweige, Sonnenstrahlen, ein Tautropfen; sie stellten keine Fragen. Wer nichts wissen muß, kann nicht schuldig werden. Auch in seinen Gedanken kam es jetzt auf das Unausgesprochene an. Wie nahe konnte man ihm kommen, ohne es anzutasten? Ihm fiel auf, daß seine Gedanken einzeln kamen und gingen. Das tat gut. Das ließ viel Zwischenraum. Er hatte Sorge, sie könnten sich zum System zusammenfügen. Systeme verdrängten immer die Zwischenräume.

Am Donatus-See setzte er sich auf eine taufeuchte Bank. Die eine Hälfte der Wasserfläche stand unbewegt. Die andere fröstelte leicht unter dem Frühlingswind. Im Schilf war ein Wasservogel geräuschvoll mit seinem Tagewerk beschäftigt. Auch in den Büschen knackte und knisterte es. Die Natur schien sich zu rekken und die Winterstarre abzuschütteln.

Hausner schloß die Augen. Manchmal hatte er Blinde beneidet um die ganz andere Vorstellung von einer Welt, die nur aus Klanglandschaften bestand. Er fragte sich, in welcher Farbe sie sich den Wind dachten. Ob sie ihn als Fahrtwind der Erde spürten, die – mal leise, mal stürmisch – durch das Weltall sauste?

Er staunte über sich selbst. Er hatte nicht das Gefühl, ihm sei eine Katastrophe widerfahren. Die Welt und die Dinge hatten ihren Hintergrund verloren, aber dafür traten sie umso deutlicher hervor. Früher hatte er geglaubt, daß Atheisten eine eingeschränkte Wahrnehmung hätten, alles nur in Umrissen sähen oder nur in schwarzweiß wie einen alten Film. Nun staunte er, daß dem nicht so war. Er brauchte keinen Schöpfer-Gott, keinen »ersten Beweger«, um all diese Wirkungen zu erkennen und sich ihrer zu erfreuen. Er öffnete die Augen, um sie gleich wieder zu schließen. Das kurz belichtete Bild stand vor seinem inneren Blick. Würde er nicht ein ganzes Leben brauchen, um dieses einzige Bild zu beschreiben und tiefer in seine Geheimnisse einzudringen? Wie könnte er auch nur hoffen, die äußerste Schicht oder den innersten Kern zu erreichen, hinter denen möglicherweise die Frage nach dem Anfang und dem Ende auftauchen würde? Und diese menschliche Sucht nach einem weiteren Leben – neben ihm lebten Tausende und Millionen, deren Leben er jetzt schon mitleben konnte, wenn er sich nur weit genug für sie öffnete.

Er stand auf und ging weiter. Er wollte die Gedanken auseinanderhalten. Sie verfilzten sich zu leicht. Gerade erst war er einem geschlossenen und umfassenden System entronnen. Er wollte jetzt nicht schon wieder ein neues.

Ein kleines Gebet fiel ihm ein, das er irgendwo gelesen hatte: »Sehr geehrter Schöpfer Himmels und der Erde, ich bitte Sie, ich mach jetzt Ferien, und Sie müssen von nun an alles selber machen. Sans moi – ohne mich. Sie werden es schon schaffen. Tschüß!«

Der Pfarrgemeinderat ...

trat am Abend zu seiner außerordentlichen Sitzung zusammen. Im Verlauf des Nachmittags hatte der April sein freundliches Zugeständnis an die Osterfeiertage beendet und einen stürmischen Frühlingswind heraufbeschworen. Er zerzauste jetzt die gewählten Repräsentanten der Gemeinde, als sie zum Pfarrzentrum strebten und gab ihnen einen Vorgeschmack auf den Verlauf der Sitzung.

Hubert Tresch wartete schon. Im Brotberuf führte er Manager-Seminare durch. Er verstand sich auf Brainstormings, Flipcharts und Overhead-Folien. Er hatte eine lustvolle Beziehung zu farbigen Karten und Filzstiften und war immer selig, wenn ein Problem auftrat, das man in Arbeitsgruppen oder Spontanphasen erarbeiten konnte. Diesmal zweifelte er an sich selbst. Auch Frau Altenhöfe, seine Stellvertreterin, mit der er sich telefonisch hatte beraten wollen, war keines klaren Gedankens fähig gewesen. So hatte er es aufgegeben, eine differenzierte Tagesordnung zu entwerfen. Es gab nur einen Punkt: Was macht ein Pfarrgemeinderat, dem der Pfarrer abhanden kam?

Frau Altenhöfe war mit Hausner befreundet. Sie duzten sich, und in der Gemeinde galt sie als intime Kennerin aller unterschwelligen Entwicklungen. Nun war sie so überrascht wie alle anderen. Das war nicht nur ärgerlich, es war ihr geradezu peinlich.

»Ich glaube es nicht«, sagte sie immer wieder halblaut vor sich hin. »Ich glaube es einfach nicht.«

Sie kamen alle, und es fehlte das übliche Geschnatter, mit dem man sich in kleiner Formation begrüßte, Neuigkeiten austauschte oder Gerüchte auslotete. Die Stimmung war betreten. Auch die Eröffnung machte Schwierigkeiten. Üblicherweise pflegte Pfarrer Hausner das Vielerlei der Temperamente mit einem Schriftwort, einer kurzen Meditation oder einem Lied zu sammeln. Das rief ihnen in Erinnerung, daß es sich hier doch nicht um ein gewähltes »Parlament« weltlicher Prägung handelte, sondern um die charismatische Versammlung von Brüdern und Schwestern im Herrn. So schloß er nicht selten mit dem Wort des Hl. Johannes, das allen Problemen von vornherein die Spitze nahm: »Kindlein, liebet einander!«

Nun stand Tresch vor der schwierigen Aufgabe, das Gespräch zu eröffnen, und er hatte keine Lust, es in einen höheren Zusammenhang zu stellen.

»Guten Abend alle miteinander.« Das war ein wenig zu weltlich. Er versuchte gegenzusteuern. »Heute wünschte ich mir, der Heilige Geist sei gewähltes Mitglied dieser Versammlung. Wir stehen vor einem verflucht, ich meine, vor einem schwierigen Problem. Sie haben es erlebt. Sie wissen, was geschehen ist. Wie sollen wir uns verhalten? Ich bitte um Ihre Meinung.«

Stille.

»Vielleicht sollte ich noch sagen, daß ich Pfarrer Hausner heute morgen getroffen und gebeten habe, an dieser Sitzung teilzunehmen. Er war dazu nicht bereit.«

»Feigling!« murmelte jemand am anderen Ende des Tisches.

»Ich nehme an«, fuhr Tresch mit erhöhter Stimme fort, »er will es uns erleichtern, eine eigene Einschätzung der Lage zu finden. Ein Feigling hätte nicht den Mut gehabt, den Zusammenbruch seiner religiösen Überzeugungen in aller Offenheit einzugestehen.«

»Ich glaube es nicht, ich glaube es einfach nicht.« Frau Altenhöfe schüttelte abermals den Kopf. Sie schien es wirklich nicht zu glauben.

Neben ihr saß Frau Kreininger, Expertin in Ehe- und Familienfragen und in Kirchendingen von unermüdlicher Angriffslust. Es verging keine Sitzung, in der sie nicht versuchte, Pfarrer Hausner in gefährliche Alternativen zu verwickeln. Für jedes Lehrschreiben des Papstes machte sie ihn persönlich verantwortlich, so als kulminiere in Rom nur das, was sich die Gemeindepfarrer ausgedacht hatten. Nun verunsicherte sie allerdings der Gedanke, daß ihr Hausner in Zukunft nicht mehr zur Verfügung stehen könnte. Aber auch das empfand sie als klerikale Gemeinheit und hatte sich scharfen Protest vorgenommen.

»Ich habe keine Ahnung, was wir tun sollen, aber ich weiß, was wir am Sonntag erlebt haben, und mit Verlaub, ich finde, es ist ein bodenloser Skandal. Hier interessieren mich gar nicht die Gewissensnöte oder Glaubenszweifel des Pfarrers, es ist schlichtweg unmöglich, daß einer die versammelte Gemeinde stehen läßt, als wären es ein paar dumme Schulkinder. Das ist empörend. Das hat keinen Stil, und – ganz egal, was wir hier beschließen – ich werde diesem sauberen Herrn Pfarrer persönlich meine Meinung sagen und eine Kopie dem Erzbischof zukommen lassen.«

Christoph Radner bat ums Wort. Dieser Beginn war nicht nach seinem Geschmack. Als gebürtiger Monschauer und sinnenfroher Rheinländer gehörte er zu den Problemlösern des Gremiums.

»Meine Damen und Herren, ich finde, das ist noch nicht der Moment für wilde Drohungen und Racheakte. »Wir haben es erlebt« – Das klingt wie ein düsteres Verhängnis, das plötzlich über unseren Häuptern schwebt, und bevor wir uns über Stilfragen aufregen, liebe Frau Kreininger, sollten wir versuchen, erst einmal den Sachverhalt zu klären. Mit Verlaub, was haben wir denn erlebt? Ein Gottesdienst wurde unterbrochen. Okay. Eine Predigt nicht beendet. Nebbich. Eine von Millionen Ostermessen entsprach nicht der Norm. Du meine Güte! Als ob es nichts Schlimmeres gäbe.«

Frau Pullig sah ihn an, als sei in der Tat Schlimmeres nicht vorstellbar. Sie war aus dem Münsterland hergezogen und von tiefer, katholischer Gläubigkeit. Wo immer aufmüpfige oder lose Reden laut wurden, war sie sofort bereit, die Ordnung der Welt durch hingebungsvolles, stellvertretendes Leiden wieder herzustellen.

»Das war nicht nur ein unterbrochener Gottesdienst«, sagte sie »und was heißt hier »nur«? Hier hat auch nicht nur ein Pfarrer seinen Glauben verleugnet. Heutzutage ist ja allerlei möglich. Er hat es inmitten der Messe, der Ostermesse! getan und damit ein sehr schlechtes Beispiel gegeben!«

»Ein Sakrileg, wahrscheinlich ist sowas sogar ein Sakrileg!« rief Frau Kuhn. Sie überwachte mit besonderem Eifer die öffentliche Moral der Gemeinde. Ohne ihr segensreiches Eingreifen – davon war sie überzeugt – hätte sich noch jeder Karnevalsball in eine wüste Orgie und jede Filmnacht der Jungen Gemeinde in ein Pornofestival verwandelt.

»Ich werde mich bei Fachleuten erkundigen, aber ich bin ziemlich sicher. Es ist ein Sakrileg. Wahrscheinlich muß man die Kirche neu konsekrieren.«

»Ogottogott!« Radner blickte seufzend zum Himmel.

Frau Schulz vertrat die Senioren. »Ob das ein Sakrileg ist oder wie das heißt, weiß ich nicht. Ich kann nur sagen, sowas wäre früher nicht vorgekommen. Wahrscheinlich ist es das Ergebnis der heutigen Priesterausbildung. Man liest da so allerhand Sachen. Keine Disziplin mehr. Alles ist abgeschafft, was uns früher wichtig war. Für jede Sünde gibt's eine Erklärung. Es zählt nur noch die persönliche Stimmung und Laune, und die Soutane trägt auch niemand mehr.«

Frau Heisler nickte zustimmend. »Ich habe mich in der Frauengemeinschaft umgehört. Die Empörung ist allgemein und der Schaden riesig. Diese Aktion hat Schreckliches angerichtet, vor allem bei den Kindern. Unsere Silke war völlig verstört, als sie nach Hause kam. Sie hat beim Mittagessen kein Wort gesprochen.«

Einige nickten bekümmert. Daß Silke kein Wort gesprochen hatte, schien auch ihnen nahezugehen.

Nicht so Christa Glöckner. »Ich wäre froh«, meinte sie, »es hätte unsere Barbara genauso mitgenommen. Einmal kein Wort beim Mittagessen, das wäre ein Wunder.« Sie stammte aus Bayern und verbreitete gewöhnlich um sich herum eine Wolke deftiger Aktivität. Probleme gab es nicht. Für sie waren das ungelöste Kreuzworträtsel, eine Herausforderung, der man sich einfach nur stellen mußte.

»Nichts gegen Silke oder Barbara«, donnerte es jetzt vom äußersten Ende des Tisches, »aber ich finde, es geht hier um wichtigere Dinge.«

Es war die raumbeherrschende Stimme von Bäckermeister Munte. Er rutschte schon seit einer Weile unruhig auf seinem Stuhl hin und her. Er haßte diese Sitzungen, die von einer Zimmerwand zur anderen rollten und ihm wichtige Teile seiner Nachtruhe raubten.

»Wir haben einen Pfarrer, der – weiß der Teufel wie und warum – seinen Glauben verloren hat. Also haben wir jetzt keinen Pfarrer mehr. Mit einem Wort: Wir brauchen einen neuen.«

Alle erschraken. So deutlich hatten sie es bisher nur empfunden, aber nicht auszusprechen gewagt. Auch Dr. Morsik, pensionierter Zahnarzt und Organisator von Bildungsveranstaltungen, war etwas geschockt. »Sie reden, als sei Pfarrer Hausner eine defekte Küchenmaschine und als ginge es nur noch darum, ob er in die gelbe oder blaue Tonne gehört. Wir sollten unserem Pfarrer etwas mehr Respekt entgegenbringen. Wenn schon nicht seiner Entscheidung, so doch seiner Person.«

Munte widersprach. »Unserem« Pfarrer? Er ist nicht mehr unser Pfarrer, ob wir es wahrhaben wollen oder nicht. Ein Pfarrer ohne Glauben ist wie ein Hefeteilchen ohne Hefe.«

»Das mag ja alles sein«, schaltete sich Frau Heisler wieder ein. »Ein Pfarrer ist keine Maschine. Da hat Dr. Morsik völlig recht. Man kann ihn nicht einfach ersetzen, wenn er nicht mehr zuverlässig »funktioniert«. Im übrigen hat er die Gemeinde bisher ordentlich, ich möchte sagen, beispielhaft geführt. Da sollten wir uns schon die Mühe machen, uns in ihn hineinzuversetzen.«

Das war ein hilfreiches Angebot. Mehrere Stimmen meldeten sich zu Wort.

»Wer weiß, wie lange er sich schon damit quält. Sowas kommt nicht aus heiterem Himmel.«

»Vielleicht haben wir ihn im Stich gelassen. Wenn ein Geistlicher in die Knie geht, liegt es oft an seiner herzlosen Umgebung.«

»Vielleicht hat er einen heimlichen Kummer, der sich nun auf diese Weise äußert.«

Wieder war es Bäcker Munte, der das ganze Porzellan zerschlug: »Einen heimlichen Kummer? Vielleicht hat er heimliche Freuden ...«

Stille.

Der Vorsitzende räusperte sich.

»Was meinen Sie damit?«

Er wußte sehr wohl, was Munte meinte, und der war gern bereit, es ihm genauer zu erklären. »Ganz einfach. Wenn ein Pfarrer von der Fahne läuft, hat er seine Gründe. Und die Erfahrung lehrt: Diese Gründe haben meistens lange Haare. Und warum auch nicht, verdammt noch mal, ein Pfarrer ist auch nur ein Mensch.«

Er schlug sich kraftvoll auf die Schenkel und war überzeugt, das Wesentliche enthüllt und gesagt zu haben. Alle anderen schraken innerlich zusammen. Sie revoltierten gegen diese Interpretation der Ereignisse. So einfach konnten die Dinge doch nicht liegen. Aber Fernsehen und Illustrierte waren voll von Pfarrergeschichten, in denen Gelübde gebrochen wurden und die Hormone eines vom Zölibat gebeutelten Geistlichen spätestens nach der sechsten Folge triumphierten. So manche aufgescheuchte Gedanken gingen die Kartei der attraktiveren weiblichen Gemeindemitglieder durch, forschten in der Erinnerung nach deutbaren Begegnungen, Gesten, Worten.

»Ausgeschlossen.« Frau Altenhöfe dachte es so laut, daß es alle hörten. Eine unschickliche Beziehung des Pfarrers? Das wäre ihr nicht entgangen. Und doch war es eine furchtbare Vorstellung, jemand könnte es so weit getrieben haben, daß … Hausner war ein »gestandener Kerl«. Es gab Damen in der Gemeinde, die um seine natürlich geistliche Gunst rivalisierten. Sie überboten sich mit Aufmerksamkeiten. Sie behielten sich gegenseitig scharf im Auge. Wo immer es galt, das letzte Wort zu haben, sei es im Liturgiekreis, im Dritte-Welt-Laden oder bei der Vorbereitung von Wallfahrten und Gemeindefesten. Sie schienen den Himmel stürmen zu wollen, leider auf derselben Leiter.

Alle Anwesenden blickten betreten unter den Tisch. Jeder hatte seine eigene Theorie, wer wem jetzt nicht in die Augen sah oder Grund hatte, von sich abzulenken. Der Vorsitzende überbrückte die Situation. »Solche Spekulationen helfen uns nicht weiter. Ich halte es noch immer für möglich, daß es sich um eine vorübergehende Krise handelt, wie sie jedem von uns passieren kann. Wie dem auch sei, wir müssen uns auf alle Eventualitäten vorbereiten. Nach dem Gespräch, das ich heute früh mit ihm hatte, kann ich nicht mehr ausschließen, daß er bei seiner Haltung bleibt.«

»Na schön«, stieß Munte wieder nach, »was schlagen Sie vor?«

Der Vorsitzende wurde unsicher. Genau diese Frage hatte er gefürchtet. Sie drohte immer, wenn eine Debatte festgefahren war, und jedesmal fühlte er sich wie ein Schüler, der plötzlich zur Tafel gerufen wurde und die schadenfrohe Erwartung der ganzen Klasse im Rücken spürte. Man wurde ja auch nicht der Vorsitzende eines Pfarrgemeinderates, weil man den besonderen Willen zur Macht oder den entscheidungsfreudigen Manager in sich verspürte. Man war es plötzlich, weil man in der konstituierenden Sitzung irgendwie nicht aufgepaßt hatte oder sich im gefährlichen Moment nicht energisch genug zu wehren verstand. Und ganz gewiß hatte ihm damals niemand gesungen, daß er nach zweijähriger Amtszeit plötzlich mit einem solchen Problem konfrontiert sein würde. Es gab Kirchenaustritte, sie waren fast eine alltäglichc Erscheinung geworden. Auch kam es vor, daß ehedem Aktive aus unerfindlichen Gründen ins Glied zurücktraten. Und auch im Gemeinderat sprang hin und wieder ein Mitglied von der Rolle. Dann rückte ein anderes von der Ersatzbank nach, und der Laden lief wieder. Aber ein Pfarrer, der von jetzt auf gleich alles leugnete …

»Ich habe keine Ahnung«, gestand er kleinlaut. »Dies ist – verdammt nochmal – mein erster Pfarrer, der mitten im Dienst seinen Glauben verliert. Ich habe keinen blassen Schimmer, welche Konsequenzen wir daraus zu ziehen oder welche Schritte wir zu unternehmen haben.«

»Keine Sorge, die wird der Bischof schon wissen«, rief Frau Kuhn mit drohendem Unterton. Ich wette, Pfarrer Hausner ist nicht der erste Fall dieser Art, und es sollte mich sehr wundern, wenn die Kirche nicht längst wüßte, wie man damit umgehen muß oder den Schaden wenigstens begrenzen kann.«

»Sie meinen also abwarten.« Tresch griff den Vorschlag dankbar auf.

»Richtig.«

»Nicht richtig«, widersprach Radner. »Die Verfahrensweisen der Kirche sind mir in diesem Zusammenhang ziemlich schnuppe. Hier sitzen mündige Christen und haben ein Recht auf eine eigene Meinung. Das könnte denen von der Hierarchie so passen: Ein Pfarrgemeinderat, der nach seinem zaghaften Ausflug in die Demokratie bei der ersten wirklichen Turbulenz ratlos unter die Fittiche von Mutter Kirche kriecht. Nach dem Motto: »Demokratie is ja janz schön, nur 'n Führer müßte oben stehn.« Nicht mit mir!«

Frau Kuhn gab sich noch nicht geschlagen. »Die Fakten liegen aber nun mal anders. Für die Besetzung von Pfarrerstellen sind nicht wir zuständig, sondern das Erzbistum. Und nicht wir sind es, die dem Hausner davonlaufen, sondern er läßt uns im Stich.«

»So ist es!« bekräftigte Frau Kreininger, »nicht genug, daß wir uns mit so manchen antiquierten Moralvorstellungen der Kirche herumplagen müssen; nicht genug, daß Frauen noch immer nicht Priester werden dürfen und wiederverheiratete Geschiedene erbarmungslos vom Empfang der Sakramente ausgeschlossen werden; nicht genug, daß fortschrittliche Theologen immer wieder ins Aus gestellt werden; jetzt macht man sich auch noch aus dem Staub, statt sich einer offenen und ehrlichen Diskussion zu stellen. Das ist der Gipfel. Mir fehlen die Worte. Der Gipfel ist das!«

Zahnarzt Morsik mischte sich wieder ein. »Nichts wird so heiß gegessen wie gekocht. Ich finde, das Problem hat verschiedene Seiten, die man auseinanderhalten muß. Das eine ist die kirchenrechtliche. Darauf haben wir keinen Einfluß. Das andere ist die Person unseres Pfarrers. Wir alle kennen ihn gut und haben lange mit ihm zusammengearbeitet. Ich denke, er verdient – wie soll ich sagen – Respekt oder Mitgefühl, ob wir seinen Schritt billigen oder nicht. Er war schließlich seit vielen Jahren unser Seelsorger ...«

»Und kein schlechter!« warf Frau Schulze ein.

»Umso härter muß er unter dieser plötzlichen Sinnkrise leiden. Ich möchte auch nicht eines Morgens entdecken, daß ich den falschen Beruf gewählt habe. Obschon, jetzt als Rentner könnte mir das auch egal sein. Also, wir sollten ihm beistehen und nicht zusätzlichen Druck ausüben. Die dritte Seite des Problems ist das Schicksal dieser Pfarrgemeinde. Hier, glaube ich, kommen schwere Zeiten auf uns zu. Und hier sind wir als Pfarrgemeinderat ganz besonders gefragt«, schloß Dr. Morsik.

»Eine Resolution! Ich bin für eine Resolution«, rief Bäcker Munte. »Sinnkrise hin oder her, wir müssen ein Signal setzen, ein deutliches Signal.«

Immer, wenn das Wort »Resolution« fiel, richteten sich aller Augen auf Heribert Stahlhof. Dieser arbeitete in einer Rundfunkanstalt und war nebenbei ehrenamtlicher Chefredakteur des INFORM, der Gemeindezeitschrift von St. Kilian. Er führte eine spitze Feder, die ihm schon oft den allerchristlichsten Haß konservativer Kreise eingetragen hatte.

Er hatte bis jetzt geschwiegen und sich nur gelegentlich Notizen gemacht. Nun blickte er verwundert auf.

»Wenn Sie mich fragen«, begann er zögernd, »ich glaube, wir machen einen Fehler. Die einen fühlen sich beleidigt und sind empört. Die anderen meinen, die Ordnung sei gestört und ängstigen sich. Und weil wir nun nicht weiterwissen, sollen Formalitäten helfen. So läuft das fast immer, wenn in der Kirche etwas Ungewöhnliches passiert. Und immer läuft es schief. Vielleicht gibt es noch einen anderen Weg.«

»Wissen Sie einen?« fragte Tresch.

Stahlhof blickte sich rasch um, als wollte er sich vergewissern, wo der Ausgang war. Dann sagte er so harmlos wie möglich: »Und wenn wir ihn einfach bitten zu bleiben?«

»Wie »bleiben«?« fragten mehrere gleichzeitig.

»Ich meine, so wie einer weggehen kann, kann er auch dableiben. Es würde uns, scheint mir, natürlich einiges kosten. Wir müßten versuchen, mit der Empörung und den Ängsten fertigzuwerden. Er ist kein schlechter Mensch, und wir sind kein Kaninchenzüchterverein, sondern die Katholische Kirche. Wieso muß einer gehen, obwohl er kein schlechter Mensch ist? Mit einem Wort: Ich bin dafür, daß Pfarrer Hausner unser Pfarrer bleibt, ob er nun an Gott glaubt oder nicht.«

Alle starrten ihn an. Drei, vier Sekunden war es still ...

In diesem Moment überquerten draußen die Schwestern Minzlaff den Kirchplatz. Sie waren Zwillinge und hatten erst kürzlich ihren 168. Geburtstag gefeiert. Beide schraken zusammen. Im Pfarrzentrum gab es einen wortstarken Tumult, wie man ihn hier noch nicht erlebt hatte. Stimmen übertönten sich und wildes Gelächter wetterte durch den Lärm. Dort drinnen war offenbar die Hölle los.

Katharina nahm den Regenschirm fester und blickte ihrer Schwester streng in die Augen.

»Ich sage nur eines: Konzil!«

Anna nickte eifrig, denn damit war alles gesagt.

Das Generalvikariat …

war kein einladendes Gebäude. Ehedem Sitz der Jesuiten und damit Kommandozentrale der Gegenreformation, umgab es noch immer eine Aura von Macht und Geheimkämmerei, wenngleich sich mit der Macht und den Geheimnissen der Kirche einiges geändert hatte. Die schwarzstaubige Fassade und die hohen Eisengitter machten das Gebäude unnahbar und gaben auch den barock verspielten Zutaten wenig Chancen einer Gegenwirkung. Andererseits tollte der dichte Verkehr des Bahnhofsviertels so unbekümmert daran vorbei, daß die ursprünglich geplante Einschüchterung des Alltags durch das Ewige nicht mehr so recht zum Zuge kam.

Hausner war vielleicht zwei oder dreimal hier gewesen und fürchtete wieder, sich in den Korridoren und Zuständigkeiten zu verlaufen. Aus diesem Grund hatte er den früheren Zug genommen, so früh, daß jetzt noch Zeit für einen kleinen Bummel in der nächsten Umgebung blieb. Nachdem er die Bahnhofshalle verlassen hatte, steuerte er den Domplatz an. Hier hatten die ersten Busse fröhlich lächelnde und unablässig fotografierende Japaner angelandet. Ihm fiel auf, daß sie touristische Attraktionen offenbar nur dann eines Fotos für wert erachteten, wenn mindestens ein Freund oder die Ehefrau oder gar ganze Gruppen ihrer Reisegesellschaft den Vordergrund des Bildes besetzten. Japanische Fotoalben mußten die langweiligsten der Welt sein. Jedes Foto zeigte wechselnde Motive im unscharfen Hintergrund und im Vordergrund das zeitlose Lächeln Asiens.

Er sah dem munteren Treiben eine Weile zu. Dann betrat er den Dom durch das Nordportal. Er spürte einmal mehr, wie ihm der Atem kürzer wurde. Die strenge Ungeheuerlichkeit dieses Bauwerks, dieser Wald von Pfeilern, die zum Gewölbe hin zu schwinden schienen, die schlanken Farb- und Lichtbänder der Fenster, das ewige Dämmern des umbauten und gegliederten Raumes ergriffen ihn wie beim ersten Mal. Erstaunlich, dieses mit Zirkel und Lineal entworfen zu haben, verblüffend, es dann mit nichts als Holzgerüsten, Flaschenzug, Hammer und Meißel ausgeführt zu haben, aber ganz und gar unbegreiflich, ein solches Bauwerk überhaupt erdacht und gewollt zu haben. Während er durch das Mittelschiff zum Westportal schritt, beschloß er, das kommende Gespräch an diesem Maßstab zu messen.

Am Rand des Platzes lagerten drei Stadtstreicher inmitten ihrer Einkaufstüten und Schnapsflaschen. Zwei schliefen noch mit rotblau aufgedunsenem Gesicht. Ein dritter blinzelte träge in den Morgen und versuchte, die Natur der Tauben zu enträtseln, die am Brunnen ihre Toilette machten.

Hausner sah auf die Uhr. Es war noch Zeit für einen Abstecher zu den Dominikanern. Als Student war er oft hergepilgert, um sich an der geschliffenen Rhetorik ihrer Predigten zu ergötzen. Er war nicht sicher, ob sie heute noch den gleichen Eindruck auf ihn machen würden. Der Bau war von den sachlichen Geldburgen der umliegenden Banken wie zugemauert. Er fand den Eingang und stieg gleich in die Krypta hinab. Hier beeindruckte ihn mehr die wuchtige Felsenhöhle als die massiven Sarkophage. Möglicherweise hätte er sich mit den Gottsuchern des Mittelalters leichter verständigen können als mit dem Generalvikar. Vielleicht aber auch nicht. Er hatte das undeutliche Gefühl, daß ihn beide nichts mehr angingen oder nicht mehr als einen gebildeten Touristen, der – den Reiseführer in der Hand – rasch einen Namen und ein Werk in den historischen Zusammenhang rückte, um sich gleich wieder anderen Motiven zuzuwenden.

Das wär's, dachte er: Mit dem Reiseführer in die Kirchenbehörde kommen und alles wie eine Sehenswürdigkeit umschreiten, historisch einordnen und fotografieren.

Nun wurde es doch allmählich Zeit. Draußen tobten Handel und Wandel. In einem der Paramentengeschäfte ließ sich ein junger Priester Kelche und Meßgewänder zeigen. Wahrscheinlich hatte er den Kollektenscheck seiner Heimatgemeinde in der Tasche. Im Schaufenster einer Buchhandlung stand der neue Küng. Früher hätte er nicht widerstehen können. Jetzt konnte er.

Ohne weiteren Umweg steuerte er nun auf das Ziel seines Ausfluges zu. Im Zug hatte er sich noch mit innerer Unruhe gefragt, was er dem Generalvikar sagen würde. Jetzt fragte er sich relativ unbekümmert, was ihm dieser zu sagen hatte.

Der Prälat saß am Schreibtisch und las in der Akte »Hausner«. Sie war nicht sehr aufschlußreich. Die übliche Ausbildung, keine »besonderen Kennzeichen«. Der zielstrebige Bau des neuen Gemeindezentrums vor fünfzehn Jahren und die Anschaffung einer neuen Orgel waren Pluspunkte. Es folgte das übliche »denunziatorische Gemüse«: Duldet aufmüpfige Artikel im Gemeindeblatt. Läßt evangelischen Vikar an Wallfahrt teilnehmen. Eigene Herstellung von Apfelwein und Sauerkraut. Provoziert Weihbischof durch Anwesenheit von Meßdienerinnen im Altarraum. Überlassung des Pfarrsaals für Vortrag von Leonardo Boff usw.

Er seufzte. Das alles bot keinen Anhaltspunkt, aber genau das erhöhte den Reiz des Treffens.

Die Sekretärin führte Hausner herein. Der GV, wie ihn die Insider nannten, erhob sich schnell, begrüßte seinen Gast und führte ihn zu einer kleinen Sitzgruppe, wo die informellen Gespräche und Konferenzen stattfanden.

»Kaffee?« fragte er.

Hausner nickte. Die Sekretärin hatte in der Tür gewartet und zog sich nun zurück.

Der GV war ein Mann der Tat und kam gleich zur Sache.

»Pfarrer Hausner von St. Kilian. Das ist wohl ein eher friedlicher Winkel im Weinberg des Herrn. Ein hübsches, aber vielleicht etwas verschlafenes Städtchen?«

Hausner hob vage die Schultern. Der Prälat schien noch keine Äußerung von ihm zu erwarten und fuhr fort.

»Der mitgliederstärkste Karnevalsverein der ganzen Bundesrepublik, habe ich mir sagen lassen. Alle Achtung. Ich vermute, der Kirchenbesuch ist nicht halb so intensiv.«

Er lachte. Die Sekretärin brachte Kaffee und Gebäck. Beide bedienten sich und tranken. Hausner genoß den Duft und die Wärme des schwarzen Gebräus. So konnte die Sache noch eine Weile weitergehen.

»Aber Spaß beiseite,« empfahl der GV. »Und nun erreichen uns seltsame Nachrichten aus St. Kilian, Nachrichten, auf die sich hier niemand so recht einen Reim machen kann, und da der Kehrvers jeder Strophe Pfarrer Wilhelm Hausner heißt, wollten wir diesen Pfarrer gern etwas genauer kennenlernen. Was lag da näher, als ihn einfach mal einzuladen, zu einem Gespräch unter Brüdern, unter Brüdern im Herrn. Und anschließend, denke ich, sehen wir alle ein wenig klarer.«

»Ich bin gekommen.«

Der GV warf ihm einen schnellen Blick zu, um auch seinen Gesichtsausdruck zu studieren. ›Ich bin gekommen.‹ Das klang wie ›Hier stehe ich, ich kann nicht anders, Gott helfe mir.‹

»Das sehe ich. Das freut mich, und damit ist schon etwas sehr Wichtiges getan. Es macht nämlich nicht viel Sinn, sich nur über die Klatschspalten der Lokal- und Regionalpresse zu verständigen. Dort wird kommentiert, interpretiert und dramatisiert, und unversehens wird aus dem unbekannten Pfarrer Hausner der berühmt-berüchtigte Pfarrer Hausner und aus der Mükke ein Elefant. Das Publikum amüsiert sich ein paar Wochen, aber die Betroffenen haben lebenslänglich den Schaden. Und Schaden soll doch nicht sein, oder?«

Er machte eine Pause, um Widerspruch zu ermöglichen, wohl wissend, daß Widerspruch in dieser Phase des Gespräches die Position schwächte.

»Ach Gott, die Presse.« Hausner seufzte leicht. »Das ist immer der Schnee von morgen. Man sollte sich nicht lange damit aufhalten.«

»Weiß Gott, ja, aber man darf sie auch nicht unterschätzen. Die Leute beurteilen die Welt nicht immer nach dem, was wirklich geschehen ist, sondern viel lieber nach dem, was geschehen sein könnte. Und so wandern Gerüchte und erfundene Geschichten durch die Landschaft, tun harmlos, als ob nichts wäre, doch unvermittelt sind sie real existierende Wirklichkeit, weil man sie für bare Münze hält und sein Handeln daran ausrichtet.«

Urplötzlich verließ er den Ton des angenehmen Plauderers, setzte eine ernste Miene auf und beugte sich vor.

»Also, was ist dran an den Gerüchten?«

Obwohl er seinen Sinnen höchste Wachsamkeit befohlen hatte, war Hausner leicht überrascht. Er zögerte, beschloß aber dann, wie bisher auch, bei der einfachen und ganzen Wahrheit zu bleiben.

»Ich habe meinen Glauben verloren. Das ist es. Und es ist eigentlich schon alles. Ich habe die Mitglieder meiner Gemeinde informiert, gleich als es geschah. Sie werden meinen Brief ebenfalls bekommen haben und den Kardinal unterrichten. Ich bin bereit, die nötigen Konsequenzen zu ziehen.«

Der GV behielt seine vorgebeugte Haltung bei und blickte, ohne mit der Wimper zu zucken, ins Gesicht seines Gegenübers. Hausner hatte das Gefühl des Nichtrauchers, dem ein ungezogener Tischnachbar den Qualm direkt ins Gesicht bläst.

»Aha«, sagte er. »Und?«

Hausner war verblüfft.

»Was, und?«

»Nun, mein lieber Hausner, Sie wollen mir doch nicht weismachen, daß dies schon alles ist. Einmal angenommen, es sei im Ergebnis, wie Sie es darstellen. Da gibt es doch Vorgeschichten, Motive, Gründe. Was meinen Sie, wie oft hier jemand sitzt und wirft mir einen lapidaren Satz an den Kopf und meint vielleicht selbst, damit habe er sich verständlich gemacht, und dann stellt sich nach und nach heraus, welches die eigentlichen Fakten und Faktoren sind. Der Mensch, da sage ich Ihnen gewiß nichts Neues, ist ein geheimnisvolles Wesen, ein Labyrinth von Gedanken, Gefühlen, Kenntnissen und Vermutungen, und über nichts ist er so sehr im Unklaren wie über sich selbst.«

»Das ist sicher richtig, aber ...«

»Und deshalb müssen Sie mir schon etwas mehr bieten als die schlichte Mitteilung ›Ich habe meinen Glauben verloren.‹ Was, wie, warum? Was heißt hier überhaupt ›Glauben‹, und was heißt ›verloren‹? Sie haben Theologie studiert.« Er wies auf das vor ihm liegende Dossier, als sei es ein Leichtes, es aufzublättern und Beweise vorzulegen. »Sie sind geweihter Priester. Sie haben sich in drei Gemeinden als Kaplan beliebt gemacht und nach dem Tode von Pfarrer Lannert die Gemeinde St. Kilian übernommen. Und hier führen Sie nun seit siebenundzwanzig Jahren die Geschäfte, unbescholten und auf angenehm unauffällige Weise. Auch die Kollektenergebnisse: guter Durchschnitt. Da verliert man nicht ohne weiteres seinen Glauben. Ich bitte Sie, ein wenig ernster müssen Sie mich schon nehmen.«

Hausner zuckte die Achseln. Er kannte dieses beleidigte Staunen nun schon zur Genüge. Da draußen liefen Millionen und Milliarden Leute herum, die für sich keinen Glaubenssatz der Kirche mehr gelten ließen. Wer dies aber aussprach, für seine Person und mit einfachen Worten, wurde wie ein Monster bestaunt.

»Es ist, wie ich es sage. Ich habe meinen Glauben verloren. Es war – wenn Sie so wollen – ein Damaskuserlebnis mit umgekehrter Wirkung. Ich habe es nicht provoziert und sah es nicht kommen. Es ist zweifellos ein merkwürdiger Vorgang. Bis zu jenem Moment im Osterhochamt hätte ich es selbst nicht für möglich gehalten.«

»Gründe, Gründe! Ich will einen Anlaß wissen, ein Ereignis, einen Zündfunken. Ein Feuer bricht nicht so ohne weiteres aus. Dazu gehört Brennmaterial, Sauerstoff und eine Zündtemperatur. Ich frage Sie: Was ist da in Brand geraten? Wieso kann man es nicht löschen? Und vor allem: Wer hat – verdammt nochmal – das Streichholz angerissen?«

Er sprang auf und begann, im Zimmer hin und herzulaufen.

»Ich bin nicht blind«, sagte er, »Wir leben in einer säkularisierten und pluralistischen Welt. Es ist schwer geworden, Christ zu sein und der Kirche treu zu bleiben, und es ist verdammt schwer geworden, Priester zu sein. Ich weiß, wovon ich spreche. Glaube und Spiritualität haben keine öffentliche Geltung mehr. Dafür steigen Aberglaube und Spiritismus täglich im Kurs. Es ist wie eine Seuche. Täglich erscheinen neue Götter in den Charts und rangeln um die besten Plätze. Jeder quersitzende Pup steht in kosmischen Zusammenhängen. Jeder Illustriertenleser schiebt seinen Einkaufswagen durch den Supermarkt der Weltanschauungen und stellt sich sein Glaubensmüsli zusammen. ›Selbstverwirklichung‹ heißt die Parole. Daß ich nicht lache! Selbstverwirklichung ist das Lebensziel debiler Gemüter. Ihre Erlöser sind Götter mit beschränkter Haftung. Ihre geistige Nahrung ist eine wässrige Gemüsebrühe, die sich im meditativ vorgewärmten Bauch behaglich verdauen läßt. Und da steht nun die Heilige Katholische Kirche mitten im Weg und predigt einen Gott, der harte Fragen stellt, einen unausweichlichen Tod und ein letztes Gericht. Ihre Lehre ist kein »Golden Delicious«, sondern ein saurer Apfel mit Kernen und harter Schale. Sie steht da, quer in der Welt, spielverderberisch, sauertöpfisch und widerborstig. Sie beharrt stur auf der Botschaft ihres Gründers und ist nicht bereit, zu jedem Saisonbeginn neue Kreationen vorzuführen. Das ist nicht leicht. Da wird man einsam. Da verliert einer schnell den Mut und möchte alles an den Nagel hängen. Ich kann das verstehen. Weiß Gott, ich kann das verstehen.«

Damit ließ er es bewenden und kehrte an seinen Platz zurück.

»Ist es so?« fragte er siegessicher, »fühlen Sie sich antiquiert und einsam?«

»Nein«, sagte Hausner.

Der Prälat lehnte sich langsam zurück. Er seufzte und blickte ein wenig erschöpft auf seine Fingernägel.

»Ich will Ihnen helfen«, sagte er, und auf seiner Stirn erschien eine bekümmerte Falte. »Wir sind alle nur Menschen, und es gibt Momente im Leben, da – wie soll ich es sagen – da scheinen die Dinge ihren Wert zu verlieren. Mir selbst passiert es zuweilen, daß ich den Namen eines Gegenstandes vergesse, oder besser: Ich weiß ihn noch, aber er erscheint mir plötzlich so fremd, als gehöre er zu einer anderen Sprache und als müsse ich ihn wie eine neue Vokabel lernen und wieder mit dem Gegenstand verknüpfen. Ich habe mich erkundigt. Dergleichen ist nicht selten. Und manchmal ist es nicht nur ein Gegenstand, dessen Name uns fremd erscheint. Manchmal ist es unser ganzes bisheriges Leben. Man steht da und tut, was man schon tausendmal getan hat, aber es ist wie das erste Mal.«

Hausner nickte freundlich und bereitwillig.

»Das gibt es«, sagte er.

»Sehen Sie! Ich bin überzeugt, lieber Konfrater, Sie sind zur Zeit das Opfer einer solchen Identitätskrise. Gerade in Ihrem Alter kommt man leicht an einen Punkt. Man schaut zurück und fragt sich: ›Das soll es gewesen sein? Wer bist du eigentlich? Und wohin führt das alles?‹ Und was wir nicht mehr benennen können, scheint nicht mehr zu existieren. Sie haben nicht Ihren Glauben verloren. Sie suchen nur nach einem neuen Namen dafür. Der Herr geht immer wieder seltsame Wege, um sich uns erneut zu offenbaren. Manchmal sieht es aus, als wolle er sich ganz verhüllen, um dann umso strahlender wieder hervorzutreten.«

»Es gibt ihn nicht.«

»Wen?«

»Den Herrn.«

Der GV schloß die Augen. Er atmete ein paarmal tief und sackte für ein kurzes autogenes Training in seinem Sessel zusammen. Dann hatte er sich wieder im Griff. Er erinnerte sich rechtzeitig, daß er sich auf keine theologische Debatte einlassen wollte. Vor ihm saß kein auflagenstarker Theologe, und ringsum saß nicht eine begierige Öffentlichkeit. Dies war ein Gespräch unter vier Augen, ein Gespräch unter Brüdern im Herrn, aber auch das eines Weisungsbefugten mit seinem Untergebenen. »Die Frage müssen wir hier nicht erörtern«, sagte er und konnte den etwas schärferen Ton in seiner Stimme nicht ganz unterdrücken. »Ob es ihn gibt oder nicht, hat die Kirche für sich geklärt, vor langer Zeit und ein für allemal. Mit dieser Überzeugung stemmt sie sich gegen die Front des Unwissens, des Unvermögens und des bösen Willens. Mit dieser Gewißheit wandert sie durch die Zeit, und in dieser Zuversicht erwartet sie die Wiederkehr des Auferstandenen. Ihre Erfolge sind groß, aber – zugegeben – sie sind begrenzt. Dabei steht außer Frage und duldet keinen Zweifel, daß niemand diese Kirche vertreten und gleichzeitig den innersten Zweck ihres Daseins leugnen kann. Dies ist keine Frage des Glaubens. Es ist eine Frage der Logik.«

»Davon müssen Sie mich nicht überzeugen. Wenn ich an den Inhalt meines Briefes erinnern darf: Ich bin selbstverständlich bereit, von meinem Amt zurückzutreten und es einem gläubigen Pfarrer zu überlassen.«

»Und was wird aus Ihnen? Haben Sie eine andere Ausbildung? Wovon wollen Sie leben?«

»Ich weiß es nicht. Ich werde mich umschulen lassen und zunächst von der Arbeitslosenunterstützung leben. Wenn alles schiefgeht, bleibt mir die Sozialhilfe. So etwas ist kein originelles Schicksal mehr in diesem Land.«

Der Prälat seufzte. »Das ist weiß Gott die Wahrheit. Noch gestern hatten wir hier eine Regionalkonferenz der Caritas. Es ist schlimmer, als man gemeinhin ahnt.« Er stockte, denn das Thema brachte ihn auf eine neue Idee.

»Könnte es sein, daß das Ganze, ich meine, die Krise, einen sozialen Hintergrund hat? Es gab die Mode der Arbeiterpriester, und neuerdings kommen wieder mehr auf die Idee, den Priesterrock an den Nagel zu hängen, um sich unerkannt unter die Randgruppen der Gesellschaft zu mischen. Ist es das? Fühlen Sie sich bei Ihrem sozialen Engagement von der Kirche im Stich gelassen und möchten – sozusagen durch einen symbolischen Akt – die Rolle wechseln? Eine Art Franziskus, der seinem bürgerlichen Vater die Kleider hinwirft, um sich ganz den Armen und Aussätzigen zu widmen. Lieber Pfarrer Hausner, – ich nenne Sie immer noch so –, wir sind hier unter uns und können ganz offen sprechen. In der heutigen Zeit wäre das ein ehrenwerter, aber irriger Schritt. Als Pfarrer in St. Kilian können Sie mehr für die Armen tun. Heute kommt es darauf an, die Kräfte zu bündeln. Mit einer großen Institution im Rücken und gestützt auf die Erfahrungen caritativer Einrichtungen können Sie die Lage der Zukurzgekommenen viel wirksamer verbessern. Ein einsamer Sozialromantiker erreicht auf die Dauer nicht mehr als – vielleicht – die Beruhigung seines Gewissens. Ich sage vielleicht! Aber wir können ganz offen darüber sprechen.«

Hausner sprach ganz offen. »Tut mir leid. Ich habe diese Priester immer bewundert, ohne sie richtig zu verstehen. Ich darf mich nicht zu ihnen rechnen. Mein Motiv kennen Sie. Ich muß es nicht wiederholen.«

»Dann bleibt nur noch eine Frage. Ich muß sie leider stellen, denn sie ist in aller Regel die Erklärung, wenn ein Geistlicher plötzlich seine Herde verläßt. Ist eine Frau im Spiel? Ist es der Zölibat, der Ihnen zu schaffen macht? Gibt es vielleicht sogar schon ein Kind? Im letzteren Fall hat die Kirche gewisse Möglichkeiten ...«

Hausner erhob sich. Das Gespräch hatte den Charakter eines Verhörs angenommen. Es begann ihn zu ärgern. Er wollte es beenden, bevor es ihn langweilte.

»Herr Generalvikar, ich muß Sie abermals enttäuschen. Ich habe Ihnen den Sachverhalt erklärt. Sie sind offenbar nicht bereit, meine Erklärung zu akzeptieren. Ich sehe nicht, wozu wir dieses Gespräch fortsetzen sollten. Ich bin nicht mehr der Pfarrer von St. Kilian. Ich bin nicht Ihr ›Bruder im Herrn‹. Ich bin ein ganz normaler Passant dieser Behörde, den Sie auf ein Wort hereingebeten haben. Ihr Kaffee ist gut. Ich bedanke mich und möchte jetzt gehen.«

Der Prälat erschrak und kam sichtlich aus dem Takt. Er wußte, daß er dem Chef ein anderes Ergebnis vorlegen mußte. Er stand ebenfalls auf und hob beschwichtigend die Hände.

»Nicht doch, nicht doch, lieber Herr Hausner, wenn Sie's unbedingt so haben wollen. So wollen wir doch nicht auseinandergehen. Es liegt mir fern, Ihnen zu nahe zu treten, aber ich muß einfach bestimmte Fragen stellen. Wenn ein Priester so plötzlich und radikal der Kirche den Rücken kehren will, ist das keine Bagatelle, über die man kommentarlos hinweggehen kann.«

»Ich denke, es gibt Schlimmeres.«

»Es gibt immer noch Schlimmeres, gewiß, aber Sie werden mir doch zugeben, daß dies ein schwerer Störfall ist, zumindest im Leben Ihrer Gemeinde. Meinen Sie nicht, daß eine solche Entscheidung es nötig, auf jeden Fall es verdient hätte, sorgfältig bedacht zu werden? Nun nehmen Sie um Himmels willen wieder Platz!«

Widerstrebend ließ sich Hausner nötigen. Er wollte nicht unhöflich sein.

Der GV machte eine Denkpause.

»Wissen Sie was, lieber Herr Hausner, wir lassen jetzt einmal alle kirchenrechtlichen oder dogmatischen Aspekte beiseite. Wir fragen uns nicht nach den Gründen und nicht nach den Konsequenzen eines so schwerwiegenden Schrittes. Wir halten nur die Uhr ein wenig an. Ihnen brummt der Schädel von widerstreitenden Gedanken und Gefühlen. Sie wissen, was Sie verlassen wollen. Sie wissen noch nicht, wie es weitergehen soll. Daheim läßt man Ihnen keine Ruhe. Die Leute, die Presse, Freunde, Verwandte. Ich habe einen vernünftigen Vorschlag. Machen Sie eine Pause! Ziehen Sie sich für zwei, drei Wochen zurück, möglichst an einen Ort, wo man Sie nicht so leicht findet, einen Ort der Ruhe und Sammlung. Ein kleines Kloster in der Eifel oder am Niederrhein; dort wird man Sie respektieren und ...«

Hausner machte eine abwehrende Geste. Der GV ließ sich jedoch nicht beirren. »Nennen Sie es Urlaub oder Sabbat-Wochen. Die Kirche übernimmt die Kosten. Nach siebenundzwanzig Jahren in ihrem Dienst ist sie Ihnen das schuldig. Es verpflichtet Sie zu nichts. Aber ich bitte Sie, ich bestehe darauf: Gönnen Sie sich und Ihrer Entscheidung diese kleine Probe, und sei es nur, daß Sie sie später noch besser begründen können.«

Hausner zögerte. Das Angebot war verlockend. Der Rummel um seine Person ging ihm längst auf die Nerven, und er sehnte sich nach Stille und Einsamkeit. Trotzdem ...

»Oder soll ich glauben«, fuhr der GV fort, »daß Sie eine solche Probe fürchten? Daß Sie ihrer Sache – schon jetzt – nicht mehr sicher sind? Daß Sie – wie soll ich sagen – die Versuchung Gottes nicht an sich heranlassen, weil es Sie schreckt, ihr vielleicht nicht gewachsen zu sein?«

Hausner zögerte mit seiner Antwort. War das eine ehrliche Frage oder ein dialektisches Manöver? Sei's drum, sich selbst gegenüber wollte er ehrlich sein und bleiben.

»Ich werde mir Ihren Vorschlag überlegen. Ich rufe Sie morgen an«, sagte er und erhob sich endgültig.

Der Prälat seufzte. Er hätte die Entscheidung gern schon jetzt gehabt, andererseits war er erleichtert, daß wenigstens ein Aufschub gewonnen war. Ein falsches Wort, und auch diese Chance wäre vertan.

»Gut«, sagte er.

Ein Bummelzug ...

brachte Pfarrer Hausner in einen entlegenen Winkel der Diözese, weitab von allen Fragen und Belästigungen der letzten Wochen. Die Sonne schien. Die Vögel sangen. Schon auf dem Bahnsteig fühlte er sich wie in einem deutschen Heimatfilm. Jetzt mußte nur noch ...

Richtig. Auf dem Vorplatz wartete Franz mit dem Einspänner. Er war das Faktotum des Klosters, ein freundlicher, bedächtiger Bursche mit schlichten Ansichten und einem kindlichen Gemüt.

»Grüß Gott, Herr Pfarrer«, sagte er so laut, daß sich die Passanten umschauten. Franz wuchtete den Koffer in den hinteren Teil des Wagens und lud Hausner ein, neben ihm auf der Kutscherbank Platz zu nehmen. Dann schnalzte er mit der Zunge, und die braune Stute stemmte sich in die Deichsel.

»Wahrscheinlich heißt sie Fanny«, dachte Hausner.

»Ein braves Pferd, die Fanny«, meinte Franz anerkennend und gab ihr einen liebevollen Hieb auf die breiten Hinterbacken. Fanny nahm es als Liebkosung und behielt ihr Tempo bei.

Bald waren sie auf der Landstraße. Hausner genoß die Landschaft, die sich in einfachen Bildern präsentierte. Er erinnerte sich an sein Elternhaus und die Kinderzeit. Manche Ferien hatte er auf dem Bauernhof seines Onkels verbracht. Er liebte die Nähe guter Tiere und den Ernst der Menschen.

Sie durchquerten zwei kleinere Weiler. Dann öffnete sich rechts ein bewaldetes Seitental. In Windungen ging es bergan. Schließlich tauchte hinter einer Kuppe der Glockenturm des Klosters auf.

Mutter Oberin Aloysia empfing ihn im Besucherzimmer. Gewiß hatte man sie aufs genaueste instruiert, welch seltsamer Gast da in ihr Haus schneite, aber sie machte nicht viel Aufhebens. Glaubenszweifel waren in einem Kloster nichts Ungewöhnliches, und gelegentlich kam es auch zu einem schmerzlichen Abschied, wenn die biblischen Tugenden der Armut, der Keuschheit und des Gehorsams sich in der Seele einer Novizin oder Nonne zu unüberwindlichen Schwierigkeiten aufgetürmt hatten. Wer allerdings hier keinen inneren Frieden fand – davon war sie überzeugt – der würde ihn auch draußen nicht finden.

»Ich habe Ihnen ein Zimmer im Exerzitienhaus einrichten lassen«, sagte sie. »Es liegt oben unterm Dach. Niemand wird Sie stören, und man hat einen schönen Blick über den Wald. Wenn Sie wollen, können Sie an unseren Gebeten teilnehmen. Der Klostergarten steht Ihnen offen. Der Wald eignet sich für weite Spaziergänge. Sie werden kaum einer Menschenseele begegnen. Allenfalls sich selbst. Nur am Wochenende gibt es Ausflügler.

»Haben Sie herzlichen Dank.«

»So. Jetzt wird Ihnen Schwester Priscilla das Zimmer zeigen.«

Sie ging hinaus. Kurz darauf trat eine beleibte Nonne ein, die ihn wortkarg begrüßte und mit energischer Kopfbewegung aufforderte, ihr zu folgen. Auch sie kannte offensichtlich die Anamnese seines Falles, war aber nicht bereit, ihn so pfleglich zu behandeln wie die Mutter Oberin. Hausner hatte nun schon eher das Gefühl, daß es geradewegs in den Kerker ging.

Er irrte sich. Das Zimmer war einfach, aber sehr hell und geräumig. Ein Bett, ein Schreibtisch, ein Kreuz an der Wand und das versprochene Fenster zum Wald, der sich ringsum in grünen Wellen bis zum dunstigen Horizont ausbreitete.

»Das Abendessen ist um sechs«, verkündete Schwester Priscilla streng. Es klang, als sei längst nicht ausgemacht, daß man auch ihn bedienen werde. Hausner schmunzelte und nahm den Fehdehandschuh auf.

»Ich werde kommen«, sagte er.

Wo ist Pfarrer Hausner ...

Noch vor kurzem war dies eine unsinnige Frage. Niemand hätte sie gestellt, denn die Antwort wäre selbstverständlich gewesen: Na klar, im Pfarrbüro oder in der Kirche oder in seiner Wohnung oder im Garten oder im Zeltlager. Nach siebenundzwanzig Jahren verläßlicher Anwesenheit in der Gemeinde war er zu einer Art Gewohnheitsmöbel, einem irgendwie nützlichen Gebrauchsgegenstand geworden. Er war einfach da, wenn man ihn nötig hatte. Man wußte, wie er sich bewegte, wie er sprach, wie weit er ging und wie weit nicht.

»Wo ist Pfarrer Hausner?«

Er war nicht mehr in der Kirche, nicht im Pfarrbüro und nicht im Zeltlager. Einige merkten es, als sie ihn gern routinemäßig verwendet hätten, zur Trauung eines Pärchens, zur Taufe eines Kindes, zur Beerdigung eines Anverwandten. Gewiß, Kaplan Leske stand bereit und tat sein bestes, aber Kapläne hatten nicht das spezifische Heilsgewicht eines Pfarrers. Sie waren ambulante, vorübergehende Erscheinungen, zuweilen eine willkommene Erfrischung, aber ihr Kurswert entsprach nicht dem des bodenständigen Pfarrers. Und dieser war nicht mehr da. Sie wunderten sich. Sie waren leicht verärgert.

»Wo ist Pfarrer Hausner?«

Aus der Ferne betrachtet, war die Sache in Ordnung.

Ein Pfarrer, der seinen Glauben leugnete, war eben kein Pfarrer mehr. Er hatte sich selbst annulliert. Sein Daseinsrecht in der Gemeinde war erloschen. Völlig klar, daß er seinen Koffer packen und das Amt räumen mußte. Das war die Ordnung der Kirchenwelt. Das Unerhörte, das Überfallartige und die starre Konsequenz seines Schrittes waren noch immer Anlaß zu Kopfschütteln und zornigem Wort. So durfte man nicht mit ihnen umspringen. Die Kirchenoberen nahmen sich vieles heraus, was man jederzeit und immer wieder gern kritisierte. Dies jedoch trieb die Sache auf die Spitze. Ein Pfarrer, der einfach desertierte, ohne plausible Erklärung, ohne eine abweichende Haltung zur Auferstehung oder Jungfrauengeburt, ohne mit seinem Schritt wenigstens gegen die Hierarchie oder den Zölibat demonstrieren zu wollen, das war nicht in Ordnung. Es geschah ihm also ganz recht, wenn er nun nicht mehr da war.

»Wo ist Pfarrer Hausner?«

Natürlich hätte man gern gewußt, wo er sich nun aufhielt. Das Pfarrbüro hüllte sich in bedeutungsschwangeres Schweigen. Der Kaplan wußte von nichts. Hausners Schwester und Haushälterin hatte es ohnehin die Sprache verschlagen. Auch die Vorsitzenden von Pfarrgemeinderat und Kirchenvorstand hatten keine Ahnung. War er weg für immer oder nur vorübergehend?

»Wo ist Pfarrer Hausner?«

Nach wenigen Tagen verebbten die zornigen, die beleidigten und die enttäuschten Stellungnahmen. Stille breitete sich aus, ärgerliche, betroffene Stille.

»Ach wißt ihr«, sagte der alte Reuker eines Tages beim Abendbrot, »er war kein schlechter Kerl.«

»Wer?« fragte sein Sohn René und legte eine Schinkenscheibe auf.

»Frag nicht so dumm! Der Pfarrer natürlich.«

Eine Weile war es wieder still bis auf die Kau- und

Schluckgeräusche der Familie. Oma Sabine duckte sich leicht. Sie war evangelisch und hatte gelernt, daß ihre konfessionelle Mischehe immer dann gut funktionierte, wenn sie ihrem Mann bei gewissen Themen liebevoll zuhörte.

»Er war auch ein guter Pfarrer«, fuhr Reuker fort. »Jetzt merkt man's, wo er fehlt.«

»Hm.«

»Ich vergeß nicht: Wir saßen unten in der Kiliansklause, einige vom Seniorenclub und Hausner auch dabei. Irgendwo war ein Kind ›nebenher‹ geboren, und alle zerrissen sich das Maul über das arme Mädel; besonders laut und fleißig, weil sie wohl meinten, der Pfarrer sei ihnen dafür dankbar. Der hörte sich das eine Weile an. Dann schlug er mit der Faust auf den Tisch und rief: ›Jetzt haltet aber mal den Rand! Es ist doch nicht aus Bosheit geschehn!‹ Das war Pfarrer Hausner. Ich hab's ihm nicht vergessen.«

Enkel Simon rutschte auf seinem Stuhl hin und her.

»Und im Zeltlager hatten wir einen Steine-Altar und darüber ein Dach gebaut, nur vier Pfähle und Blech. Einmal hat es furchtbar gestürmt und geregnet. Da hat er sich einfach auf das Dach gelegt und die Bleche festgehalten, über 'ne Stunde lang.«

Alle sahen ihn an. Die Geschichte hatte er nie erzählt. Vielleicht war sie auch nur gut erfunden.

Jetzt meldete sich auch Katja zu Wort. Seit gut einem Jahr war sie sonntags nicht mehr in die Kirche gegangen. »Ich find 'n Pfarrer, der das alles nicht mehr glaubt, eigentlich ganz cool.«

Reuker junior nickte unbedacht, denn ein ähnlicher Gedanke war ihm auch gerade durch den Kopf gegangen. Natürlich hatte er sich unter Kontrolle und sprach sowas nicht ungeschützt aus. »Wenn ich ehrlich bin«, sagte er jetzt, »gezweifelt habe ich auch zuweilen. Jeder Mensch hat – wie soll ich sagen – Blackouts, manchmal ...«

»Des Glaubens Bestes ist der Zweifel.« Der alte Reuker wußte nicht, wo er das gelesen hatte, aber er hatte es irgendwo gelesen.

Sein Sohn wurde mutiger. »Also ganz ehrlich: Ein Pfarrer, der zugibt, daß er Zweifel hat, ist gar nicht so uneben. Der ist mir eigentlich lieber als einer, der auch zweifelt, aber so tut, als wär' nichts.«

»Genau!« bestätigte Katja.

Kaplan Leske …

stand am Fenster und beobachtete eine Spinne, die damit beschäftigt war, ein neues Netz zu knüpfen. Die Tragseile waren schon ringsum gespannt und an Fensterbank und Mauerwerk befestigt. Jetzt ging es darum, die einzelnen Segmente zu verstreben. Mit großem Eifer und Geschick turnte das kleine Tier von einer Nahtstelle zu anderen. Schritt für Schritt verringerten sich die Überlebenschancen der Mücken, Fliegen und Schmetterlinge, die demnächst in seine Nähe kommen würden.

Der Kaplan war unzufrieden. Das Glaubensproblem des Pfarrers hatte er lange Zeit nicht ernstgenommen. Er hatte es für einen Trick gehalten, einen waghalsigen, der ihm sogar Respekt abnötigte, aber dann hatte auch er einsehen müssen, daß es um weit mehr ging. Was seinem Pfarrer widerfahren war, bekam eine eigene Dynamik, die ihn selbst massiv mit einbezog.

Nun gut. Zunächst hatte es ihn durchaus auch in eine positive Erregung versetzt. Plötzlich lief alles über ihn. Plötzlich war er zuständig. Die Leute nahmen ihn wichtig. Es blieb ihnen gar nichts anderes übrig. Auch der Generalvikar hatte ihm einen Brief geschrieben. Darin war die Rede gewesen von einer schwierigen Situation und großen Herausforderung, ganz zu schweigen von der enormen Verantwortung, die nun auf seinen Schultern laste. Man sei aber zuversichtlich, daß er die Aufgabe meistern werde. Man werde auch nicht zögern, ihm rasch und unkonventionell zu helfen. Das setze natürlich voraus, daß er regelmäßig und genau Bericht erstatte, über die Vorgänge in der Gemeinde, das Verhalten der kirchlichen Angestellten usw.

Die Spinne hatte ein weiteres Teilstück ihres Netzes vollendet und wandte sich ohne zu zögern dem nächsten zu.

Die Berichte schrieb er, regelmäßig und genau. Die unkonventionelle Hilfe war bisher ausgeblieben. Hier schwelte eine gute Portion Verärgerung. Die Menge der Arbeit hatte sich schlagartig verdoppelt. Er fühlte sich benutzt. Nichts gegen die Seelennöte eines Mitbruders, solange sie nicht auf die Knochen anderer gingen, die sich einen solchen Luxus nicht leisten konnten.

Zwar war er nun der Adressat für alle die Gemeinde betreffenden Angelegenheiten, aber er hatte keine Freude daran. Inzwischen ahnte er, warum. Die Leute schienen ihn gar nicht zu meinen. Sie blickten durch ihn hindurch, wenn sie mit ihm sprachen. Jedesmal verspürte er ein diffuses Bedürfnis, sich umschauen zu müssen, als stünde dort ein anderer, unsichtbar, aber sehr präsent und überlebensgroß.

Das Gefühl trog ihn nicht. Pfarrer Hausner war vorhanden, deutlicher denn je. Die Leute kamen mit seiner Abwesenheit nicht zurecht. Ihre Gedanken und Gespräche umkreisten ihn, ob sie wollten oder nicht. Er, Kaplan Leske, stand im langsam wachsenden Schatten eines Phantoms.

Seine Gedanken wurden unscharf. Die Spinne vollendete ihr heimtückisches Werk und zog sich in einen Winkel zurück. Hier erstarrte sie in geduldiger Erwartung der Dinge die da kommen würden.

Nach einer Woche ...

in der reinlichen Luft und ländlichen Umgebung des Klosters fühlte sich Wilhelm Hausner wohl wie schon lange nicht mehr. Die ausgedehnten Spaziergänge durch den Wald, das behagliche Dösen im Klostergarten und die unglaubliche Stille, die einen tiefen, gesunden Schlaf ermöglichte, hatten ihn mit neuer Kraft und Lebenszuversicht versehen. Die Klosterküche ließ es an nichts fehlen, und – wer weiß – vielleicht sorgte auch das Stundengebet der Nonnen für eine gedeihliche Atmosphäre. Wie ein Netz aus zartem Gesang, aus Psalmen und Litaneien spannte es sich über den Tag und einen Teil der Nacht, fing ein, besänftigte, klärte ab, was sich da draußen in der Welt so wichtig machte. Die frommen Verrichtungen ionisierten die Luft. Das Böse flockte sozusagen aus und fiel zu Boden. Hier störte es nicht weiter, im Gegenteil, Milde, Weisheit und Vergebung schienen es zu kompostieren und der grundguten Schöpfung wieder zuzuführen.

Anders Mutter Aloysia. Sie war nicht ganz so zufrieden mit dem Verlauf der »Mission«. Natürlich hatte man ihr aus dem Generalvikariat gewisse Instruktionen gegeben, hatte ihr auch angedeutet, daß es sich um einen besonders schwierigen Fall handeln könnte, aber da sie bisher noch jeden Fall gemeistert hatte, konnte ein schwieriger sie nur zu besonderem Eifer veranlassen.

Die ersten Tage hatte sie ihn in Ruhe gelassen. Er sollte sich an die neue Umgebung gewöhnen und den Rhythmus des Klosterlebens aufnehmen. Mögliche innere Vorbehalte lösten sich dabei erfahrungsgemäß auf. Dann kam es zu kleinen, eher beiläufigen Begegnungen, die man nach und nach zu größeren Gesprächen ausweiten konnte.

Erfreulicherweise ließ sich Hausner scheinbar unbefangen darauf ein, ärgerlicherweise zeigte er jedoch keinerlei Aufweichungstendenzen, sondern hielt ihren vermeintlich stabilen Glaubensgründen Argumente entgegen, deren Schärfe sie innerlich aufstöhnen ließen. Nicht selten sah sie sich vorsichtig um, um sicherzugehen, daß keine der Novizinnen in der Nähe war.

Hausner begriff sehr bald, daß er in eine Art geistlicher Reha-Klinik geraten war. Man therapierte ihn mit kalten und warmen Güssen, mit auf- und absteigenden Bädern und verabreichte ihm eine theologisch-charismatische Vollwertkost mit Vitaminen, Ballaststoffen und Spurenelementen, die auch einen härter gesottenen Atheisten in einen glühenden Mystiker verwandelt hätten, wäre das Ganze nicht so leicht durchschaubar gewesen.

Bisher hatte Mutter Aloysia nur mit Klienten zu tun gehabt, die von einem vergleichsweise harmlosen Leiden befallen waren. Bei einigen war es nur eine vorübergehende religiöse Verspannung, ausgelöst etwa durch eine päpstliche Enzyklika oder einen Wahlhirtenbrief der Bischöfe. Ihnen half schon die förderliche Umgebung und Atmosphäre des Klosters auf die Sprünge. Man konnte sie nach einer Woche gestärkt entlassen. Relativ einfach war es auch bei Geistlichen, die sich in einem theologischen oder exegetischen Problem verheddert hatten. Schwieriger war es mit den chronischen und verschleppten Fällen. Hier lagen in der Regel nicht Glaubens, sondern Selbstzweifel zugrunde, psychosomatisch bedingt oder verstärkt durch eine ungefestigte Persönlichkeit, frühkindliche Traumata oder ein unbewältigtes Erlebnis, das wie ein versteckter Eiterherd in den Kreislauf streute. Hier bedurfte es einer behutsamen Annäherung. Es galt, das Problem Schicht um Schicht freizulegen, den Selbstanklagen und Scheinangriffen zunächst freien Lauf zu lassen, um nach und nach eine therapeutisch wirksame Gesprächsebene zu finden.

Bei Pfarrer Hausner lagen die Dinge komplizierter. Er hatte die Enzykliken und Hirtenbriefe von je her gut verkraftet. Er war auch nicht in den Regelkreis eines theologischen Problems geraten, noch gab seine seelische Konstitution einen Hinweis auf heimliche Verletzungen. Im Gegenteil: Er war das Urbild eines ausgeglichenen, sinnenfrohen Menschen in den besten Jahren, der mit beiden Beinen in der Welt stand.

»Leider mit beiden Beinen und leider ganz ausschließlich in der Welt«, dachte Mutter Aloysia mit wachsendem Kummer. Ein kleiner, unschuldiger Schuldkomplex oder wenigstens ein gewisses Maß an transzendentem Appetit würde nicht schaden. Es gab Gäste, die ihren Argumenten nicht folgen konnten. Dieser hier schien ihnen nicht folgen zu wollen. Und nicht aus Halsstarrigkeit oder pubertärem Widerspruchsgeist, nein, er schien es einfach nicht nötig zu haben. Ihm fehlte nichts. Er verzichtete auf Bibel, Kirche und Gott, die doch bis vor kurzem noch der Inhalt seines Lebens waren, und er empfand keinen Verlust, nicht die leisesten Phantomschmerzen einer Amputation.

Mit Beginn der zweiten Woche hielt die Herrin des Konvents eine schärfere Gangart für ratsam. Sie wußte es so einzurichten, daß es immer wieder zu zwanglosen Begegnungen kam. Meist eröffnete sie die Partie mit dem Zitat eines Kirchenlehrers oder erfolgreichen Gottsuchers der Geschichte. Oft genügte ihr auch ein Blumenkelch im Klostergarten oder eine bizarre Wolkenformation am Himmel, um mit kurzen und geübten Zügen eine möglichst gute Ausgangsposition zu besetzen. Zuweilen kam es Hausner vor, als wolle man ihm noch einmal das Phänomen der Fortpflanzung mittels Blüte und Schmetterling erläutern. Aber er ließ es sich gefallen, denn sie war eine belesene und durchaus kluge Partnerin mit dem einzigen Nachteil, das Spiel unbedingt gewinnen zu wollen. Die Gespräche frischten Kenntnisse wieder auf, die seit seinem Studium brachgelegen hatten, sie ergänzten Wissenslücken betreffs der christlich-europäischen Geistesgeschichte, und sie übten Fantasie und Verstand, denn immer wieder gelang ihr ein Überraschungsangriff, für den seine Dekkung nicht ausreichte. Während er – dem Schachspiel gleich – noch die Bauernlinie des gesunden Menschenverstandes ausbaute, durchbrach schon ein pastoraltheologischer Läufer seine Reihen, und wenn er den naturwissenschaftlichen Springer vielleicht retten konnte, war der philosophische Turm schon verloren. Vielleicht konnte er seinen König mit einer empirischen Rochade aus dem Sperrfeuer nehmen, vielleicht auch über ein exegetisches Abzugsschach Zeit gewinnen und die eine oder andere dogmatische Figur seiner Gegnerin aus dem Felde schlagen, – im Endspiel jedoch, wenn das Brett nahezu leergespielt war und die großen Linien offenstanden, konnte ihn oft nur ein Remis vor dem Schlimmsten retten.

»Was sagen Sie nun?« fragte sie, und es klang wie »Matt in drei Zügen.«

»Ach wissen Sie«, sagte er, »Glauben und Glauben

ist zweierlei. Für die einen bedeutet es das blinde Fürwahrhalten unbeweisbarer Sätze. Für die anderen kommt es von dem alten deutschen Wort ›geloben‹. Sie geloben sich einer Person, sei es Christus oder Marx oder Howard Carpendale. Die ersteren sind ihrer Sache sicher. Sie sind Argumenten nicht zugänglich, denn wer sich mit dem Unbeweisbaren identifiziert, ist durch das Beweisbare nicht zu erschüttern. Die anderen sind ihrer Sache ebenso sicher. Sie ›geloben‹ sich einer Person von so hoher Autorität, daß sie bereit sind, ihr durch Dick und Dünn zu folgen. Auch sie lassen sich durch Gründe nicht beeinflussen. Nur ein schwerer Vertrauensverlust durch Vertrauensbruch könnte das Verhältnis trüben und eine Trennung herbeiführen.«

Sie hörte ungeduldig zu. Es war selten, daß er so lange sprach, und dann war sie nicht mehr sicher, das Heft noch in der Hand zu haben.

»So wie es um mich steht, kann ich mich weder der einen noch der anderen Gruppe zurechnen. Sie aber vereinigen beide in Ihrer Person. Wie also sollten wir uns verständigen?«

Sie verbarg ihre Hände unter dem Skapulier und sagte streng: »Ich werde für Sie beten.«

Er verneigte sich höflich, obwohl es wie eine Drohung klang. Fast tat es ihm leid, ihr nicht helfen zu können. Aber er wußte: Morgen waren die Figuren wieder aufgestellt.

In der dritten Woche wurden die Gespräche und Begegnungen mit Mutter Aloysia seltener. Dafür brannte das Licht ihrer Zelle bis tief in die Nacht hinein. Pünktlich zur Matutin war sie zur Stelle, aber mit dunkel geränderten Augen und blasser als sonst. Ihre Mitschwestern begannen, sich Sorgen zu machen. Schwester Priscilla machte Hausner verantwortlich. Als demütige Braut Christi war es ihr versagt, ihn auf schwere Waffen zum Duell zu fordern, aber sie ließ ihn ahnen, welcher Drachen in ihr steckte.

Am Ende der dritten Woche begriff Hausner, daß seines Bleibens nicht länger war. Er bat Franz, anzuspannen und sich auf eine Fahrt zum Bahnhof gefaßt zu machen.

Es wurde ein Abschied mit gemischten Gefühlen. Mutter Aloysia ließ keines davon erkennen. Sie würde ihn in besonders intensiver Erinnerung behalten wie ein verirrtes Kind, an dem alle Erziehungsversuche gescheitert waren. Es würde aber auch ein Rätsel zurückbleiben und noch lange an ihr nagen: Wie konnte dieser abtrünnige Mensch das Heil der Welt und sein eigenes nur so hartnäckig von sich weisen, ohne zynisch oder unglücklich zu sein?

»Leben Sie wohl«, sagte Hausner.

»Gott sei mit Ihnen«, sagte die Oberin.

Agnes erkannte sofort …

daß es nicht gut gelaufen war, aber sie machte ihm keine Vorhaltungen. Ihr war die Zeit seiner Abwesenheit nicht lang geworden, denn sie hatte einiges unternommen, das »Verhängnis« auf katholische Weise zu verarbeiten. Dabei war die »Nachfolge Christi« des Thomas von Kempen eine unschätzbare Hilfe. Vor allem war es wichtig, nicht ins Grübeln zu verfallen. Das Reich Gottes wurde nicht ausgebrütet, es entstand durch harte, körperliche Arbeit. Und so hatte sie als erstes einen außerordentlichen Hausputz angesetzt, hatte das Unterste zuoberst gekehrt und noch »hinter der Tapete« Staub gewischt. Dann kam der Garten an die Reihe. Auch hier war mancher Wildwuchs eingerissen, den sie jetzt rigoros zurückschnitt. Als das letzte unschuldige Unkraut gejätet war, alle Beete sauber eingefaßt waren und Sträucher und Bäume jeden noch so harmlosen Nebentrieb eingebüßt hatten, richtete sie sich kreuzlahm auf und sah sich um. Ihr Blick fiel auf die Kirche.

Am nächsten Tag begann auch hier das große Aufräumen und Reinemachen. Nicht anders als das Zweite Vatikanische Konzil fuhr sie mit Putzlappen, Besen und Staubtuch in die Ecken und Winkel des Gebäudes. Von der Sakristei bis zur Orgelbühne, von den Beichtstühlen bis zur Rumpelkammer im Turm, alles wurde einer genauen Inspektion unterzogen. Überholtes, Zerbrochenes, Unbrauchbares wurde erbarmungslos ausgesondert. Die Passanten der Schloßstraße wunderten sich über geräuschvolle Aktivitäten. Die Sperrmüllabfuhr hatte es mit Kniebänken, zerschlissenen Fahnen und Gipsheiligen zu tun, denen Arme oder Köpfe fehlten. Die Käuzchen im Turm überlegten ernsthaft, ob sie nicht den Wohnsitz wechseln sollten.

Agnes kannte keine Rücksicht, auch nicht gegenüber sich selbst. Zwar war sie ihren Kummer dadurch nicht losgeworden, hatte ihn aber eingekapselt und in ein größeres Geschehen eingebunden.

Mit Kaplan Leske war das schwieriger. Er ging Hausner aus dem Weg. Aber auch er hatte eine Zwischenlösung gefunden. Der Pfarrer war ein Renegat, von dem man sich klugerweise fernzuhalten hatte.

In der Stadt verbreitete sich die Nachricht von seiner Rückkehr in Windeseile, aber niemand kam, ihn zu begrüßen. Die Leute schienen verlegen zu sein. Ihr Zorn war verraucht, aber deswegen wußten sie noch immer nicht, wie man mit einem Pfarrer verkehrte, der sich offen als Zweifler und Atheist bekannte.

Beim Generalvikar war man einen enormen Schritt weiter. Noch bevor Franz und Fanny vom Bahnhof zurück waren, hatte das Telefon geläutet. Nach dem Gespräch mit Mutter Aloysia war der Prälat überzeugt, daß die sanften Mittel erschöpft waren. Jetzt konnte nur noch ein klarer Schnitt größeren Schaden verhinden. Er begab sich zum Chef und empfahl, die Laisierung des Abtrünnigen einzuleiten.

Der Kardinal schob die Unterlippe vor und zog hörbar Luft durch die Nase. Eine unklare Witterung ließ ihn Zögern. Dieser Hausner war ihm unheimlich. Es schien mehr in der Geschichte zu stecken als bisher geschehen war.

»Wir haben keine Wahl«, sagte der GV.

Der Kardinal umkreiste unruhig seinen Schreibtisch.

»Das weiß ich auch«, brummte er, »aber immer dann, wenn wir keine Wahl mehr haben, läßt sich der liebe Gott die tollsten Streiche einfallen.«

»Oder der Teufel.«

»Richtig. Oder der Teufel. Aber ich habe ein Bistum zu leiten, und da ist mir das manchmal ziemlich egal.«

Der Prälat verneigte sich diplomatisch. Es war nicht erkennbar, ob er den häretischen Satz des Chefs sofort vergessen oder sich ihn für kommende Gelegenheiten merken wollte.

Der Brief ...

traf am nächsten Morgen ein. Es war ein Einschreiben, und als sich der Postbote den Empfang quittieren ließ, war ihm anzumerken, daß er für diesmal gern das Briefgeheimnis gebrochen hätte, nur für dieses eine Mal.

Agnes nahm das Schreiben entgegen. Sie brachte es ihrem Bruder ins Arbeitszimmer. Dort war er schon seit dem frühen Morgen dabei, den Bücherschrank auszuräumen. Jetzt unterbrach er die Inventur und las.

»Bleib hier!« sagte er, als Agnes gehen wollte. »Das hier geht dich vermutlich auch an.«

Es ging sie an.

»Es hat alles seine Ordnung«, sagte er und faltete das Papier wieder zusammen. »Sie haben die Laisierung eingeleitet.«

»Du hast sie eingeleitet.«

»Zum Ersten des nächsten Monats müssen wir die Wohnung räumen. Das sind noch genau zwei Wochen. Meinst du, daß wir das schaffen können?«

Sie wiegte zweifelnd den Kopf. Er setzte sich auf einen Stapel Heiligenlegenden und bot ihr das »Lexikon für Theologie und Kirche« an. Sie zog es vor, den Stuhl abzuräumen und sich darauf niederzulassen.

Eine Weile war es ganz still.

»Weißt du noch«, sagte er leise, »unsere Wanderung

in Vorarlberg, hoch oben im Bregenzerwald die kleine Alm im Schatten der Winterstaude? Wir waren erschöpft vom Aufstieg und durften uns in der Stube ausruhen. Es gab süße Buttermilch, Käse und Tannenhonig.«

Sie blickte aus dem Fenster.

»Ich weiß es noch wie gestern. ›Warum ist es hier so schön?‹ hast du gefragt. Die Bäuerin unterbrach ihre Arbeit am großen Milchkessel und sagte in ihrem singenden Dialekt: ›Hier ist so wenig überflüssig.‹ Wir haben uns angesehen und geschwiegen.«

Er überflog das Zimmer, die geöffneten Schubladen, die Bücherstapel und das bunte Sammelsurium von Akten, Geschenken und Erinnerungsstücken. Da war eigentlich nichts, an das er sich hätte klammern müssen.

Später saßen sie unten in der Küche schon beim Abendbrot, als Kaplan Leske sein Zimmer verließ. Da die Tür zu Hausners Arbeitszimmer offenstand, war es nur eine läßliche Sünde, einen Blick in das Chaos zu tun. Und wenn einer alle Schränke und Schubladen ausräumte, stand für gewöhnlich eine Veränderung ins Haus. Da war es ebenfalls eine läßliche Sünde, einen Brief näher ins Auge zu fassen, der dort unachtsam auf dem Schreibtisch lag und einen wohlbekannten Briefkopf hatte. Und solcherart ohnehin schon schuldig geworden, machte es nicht mehr viel aus, den Brief auch noch zu lesen.

Leske verzichtete auf das Abendbrot, das für ihn bereitstand. Leise schlich er aus dem Haus und fuhr mit dem Fahrrad in die Südstadt.

Hubert Tresch, der Vorsitzende des Pfarrgemeinderates wunderte sich nicht wenig, als plötzlich der Kaplan vor der Haustür stand.

»Es gibt eine wichtige Neuigkeit.«

»Na dann kommen Sie erst einmal herein.«

Tresch führte ihn in sein Wohnzimmer. Dort erhob sich Heribert Stahlhof, der ehrenamtliche Chefredakteur der Gemeindezeitung. Die beiden Herren hatten über Artikeln gebrütet, die von Mitgliedern der Gemeinde eingesandt worden waren. Es waren die üblichen Erlebnisberichte und Besinnungsaufsätze, die brav gereimten Gedichte und die Vereinsnachrichten, bei denen immer wichtige Fakten fehlten. Da alles gut gemeint und jedes Lebenszeichen willkommen war, wurde es gnadenlos abgedruckt.

»Das trifft sich gut«, sagte Leske, »Sie hätte ich als nächsten besucht.«

»Was gibt's?« fragte Stahlhof und schob die Manuskripte erleichtert beiseite.

Der Kaplan schob beide Hände in seine Jackentaschen und faßte sein Gegenüber sorgfältig ins Auge.

»Es ist soweit.«

»Was ist wie weit?«

»Pfarrer Hausner ist entlassen. Das Laisierungsverfahren wurde eingeleitet. Bis zum Ende des Monats muß er das Haus räumen.«

»Ach!« Der Blick des Vorsitzenden traf den des Chefredakteurs. Beiden war nicht entgangen, daß sich Leske offenbar für den Boten einer guten Nachricht hielt.

»Es mußte ja so kommen, nachdem er jede gütliche Einigung abgelehnt hat. Man kann dazu stehen wie man will, für die Gemeinde ist es ein Segen.«

»Ein Segen?«

»Es klärt die Verhältnisse. Es beendet einen untragbaren Zustand, und ich denke, für alle Seiten. Auch Pfarrer Hausner wird letzten Endes dankbar sein. In einer verfahrenen Situation ist Klarheit immer der erste Fortschritt. Er ist übrigens schon beim Packen.«

»Er ist was?« Beide Zuhörer fuhren empor.

»Ja! Er räumt seine Schränke aus. Was soll er anders tun? Zwei Wochen sind nicht viel.«

Leske machte eine Pause. Er fand, daß er genug geredet hatte. Jetzt waren die anderen dran. Der Vorsitzende hob die Hände und ließ sie resigniert wieder fallen. Stahlhof zog ein Blatt Papier zu sich heran und machte sich eine Notiz. Dann hob er den Kopf.

»Bis wann könnte man eine Pfarrversammlung organisieren?« fragte er Tresch. Der zog die Schultern hoch.

»Wenn man sich ins Zeug legt, es könnte so gerade reichen. Und was soll sein bei dieser Pfarrversammlung?«

Leske wurde munter. »Da kann man ihn in aller Form verabschieden. Eine gute Idee.« Er sah den skeptischen Blick des Vorsitzenden. »Oder meinen Sie, es könnte neue Unruhe geben?«

»Weiß man's? Die Leute sind nervös. Man müßte sie schon gut vorbereiten.«

Der Kaplan wandte sich an Stahlhof und deutete auf das Heft des Gemeindeblattes.

»Könnte man nicht, ich meine, über Handzettel oder eine Extraausgabe – wie soll ich sagen – die Weichen stellen? Ich bin sicher, auch im Generalvikariat erwartet man von uns ... Warum soll ich um den Brei herumreden. Ich weiß aus guter Quelle, daß der Kardinal die Sache mit großer Sorge beobachtet. Es wäre bestimmt auch in seinem Sinne, wenn alles mit Anstand und in – sagen wir – christlichem Gleichmut über die Bühne geht.«

Stahlhof hatte seit drei Monaten nicht mehr geraucht. Jetzt blickte er starr auf die Zigarettenschachtel, die Tresch in Griffweite hielt.

»Darf ich eine?«

Er durfte. Er nestelte die Zigarette aus der Schachtel, schob sie zwischen die Lippen und ließ sich vom Gastgeber Feuer reichen. Der erste Zug schien ihn bis in die Fußspitzen auszufüllen.

»Gut«, sagte er plötzlich. »Sie bekommen Ihr Extrablatt.«

Der Kaplan erhob sich. »Es freut mich, daß wir uns verstanden haben. Und den Kardinal ...«

»Wird es auch freuen«, ergänzte Tresch zuvorkommend.

Leske warf ihm einen prüfenden Blick zu, konnte aber nichts Verdächtiges entdecken.

»Ja dann ... Ich muß zurück ins Pfarrhaus. Machen Sie's gut.«

Er reichte beiden die Hand und ließ sich zur Tür geleiten. Als Tresch zurückkehrte, war die Zigarette nahezu aufgeraucht. Stahlhof tat einen letzten Zug und verbrannte sich beinahe die Lippen. Dann drückte er den Stummel aus.

»Donnerwetter!« sagte er, »Der hat's aber eilig.«

»In der Tat.«

»Haben Sie's auch so eilig?«

Tresch grinste ihn offen an. Man konnte auch meinen, er zeige sein Gebiß.

»Na schön«, sagte Stahlhof. »Dann wird es eine spannende Pfarrversammlung. Darf ich mich zurückziehen? Das da«, er zeigte auf die gut gemeinten Artikel, »hat vielleicht noch ein wenig Zeit.«

Eine Stunde vor Mitternacht ...

setzte sich Heribert Stahlhof an den Schreibcomputer. Als »Chefredakteur« der Gemeindezeitung und Linkskatholik mit pazifistischen Neigungen hatte er manchen Artikel geschrieben, der die Seelen von St. Kilian in Aufruhr versetzte. An ihnen schieden sich die Geister. Die einen trugen das jeweilige Heft geflissentlich zum Generalvikariat und drangen auf sofortige Exkommunikation des Volks und Jugendverführers, der – offenbar von Moskau ferngesteuert – die Absicht hatte, die ganze Gemeinde dem gottlosen Kommunismus in die Arme zu treiben. Die anderen fühlten sich unvermittelt in einer Meinung bestätigt, die ihnen so klar vorher nicht gewesen war. Die einen schrieben waidwund protestierende Leserbriefe und verbaten sich jede weitere Belieferung mit diesem »Machwerk« von Gemeindeblatt. Die anderen waren klammheimlich froh, daß endlich mal »was los war«. Dazwischen gab es Lehrer, die seine Artikel im Religionsunterricht einsetzten, sei es als abschreckendes Beispiel für das halt- und sittenlose Gebaren eines Linksintellektuellen, oder sei es als willkommenen Beleg für kampfesfreudigen Bekennermut vor Fürstenthronen.

Jetzt fegte er innerlich alles vom Tisch, was ihn, die Leser und das Blatt jemals beschäftigt hatte. Es erschien ihm kleinkariert und vergangen. Jetzt galt es, der dunklen und dumpfen Stimmung in der Gemeinde eine Stimme zu verleihen, einen Blitzauslöser in die Gewitterwolke zu halten und im letzten, vielleicht richtigen Moment Geschichte zu machen.

Er schrieb, zögernd zunächst, abwägend, die möglichen Folgen bedenkend. Er wollte nichts verderben, nichts verschütten, wollte die unterirdischen Adern der Quelle behutsam zusammenführen, damit sie klar und stark zutage traten und die Ängste und Bedenken der Langsamen, der Zweifler und Kleinmütigen hinwegspülten.

Er schrieb von dem unerhörten Ereignis, das ihr Leben und Denken durcheinander gewirbelt hatte, schilderte die unterschiedlichen Reaktionen, die Unruhe, aber auch die plötzliche Wachheit und Sensibilität, die sie alle empfunden hatten.

Er schrieb über diesen Pfarrer Hausner, den sie seit vielen Jahren zu kennen glaubten, den sie als Beamten der Kirche, als braven Verwalter ihres Seelenheils gesehen hatten, nützlich und unbefragt wie einen ererbten Gegenstand. Und nie hatten sie einen lebendigen Menschen dahinter vermutet, ein freies Gegenüber mit eigenem Schicksal, mit Spannungen, Rissen, Widersprüchen, mit Freuden, Ängsten, Visionen und Qualen. Und nun plötzlich war das ein Mensch, dem es den Boden unter den Füßen weggerissen hatte, ein Mensch, dem die Mitte, der Sinn seines bisherigen Lebens verlorengegangen war, ein Mensch, der aus dem Glauben in den Zweifel, aus der Geborgenheit in die Verlorenheit, aus der Klarheit, dem Licht und der Sicherheit des Alltags in den Nebel, in die Finsternis und die furchtbare Ungewißheit gestürzt war.

»Aber«, so schrieb er weiter, nun schon flüssig, pausenlos, atemlos, »wer von uns hat nicht schon Ähnliches erlebt? Wer wurde nicht schon einmal aus der Bahn geworfen und in tiefen Zweifel gestürzt, als uns ein geliebter Mensch verließ, als ein Kind starb oder als uns die Katastrophen der Zeit in Düsternis des Geistes, in Melancholie und Verzweiflung tauchten! Wenn wir ehrlich sind: Wem von uns wäre der Zweifel nicht näher als der Glaube? Wem wäre ein zweifelnder Pfarrer nicht näher als ein mit allen Wassern der Pastoral gewaschener Kirchenfunktionär! Mit einem Wort: Der alte Pfarrer Hausner war uns zugeteilt, war hingenommen, war sympathischer Bestandteil von St. Kilian. Der neue Pfarrer Hausner ist einer der unseren. Ihn können wir nicht nur respektieren, ihn können wir lieben.

Aber ist es noch unser Pfarrer? werden sich manche fragen. Ist er nun nicht ein Mensch wie jeder andere? Was haben wir mit einem Mann zu schaffen, der uns offensichtlich im Stich lassen will?

Ich frage dagegen: Sollen, können wir diesen Pfarrer im Stich lassen, wo er uns braucht wie noch nie und wo wir ihn brauchen wie noch nie? Dieser mutige und ehrliche Mann soll aus unserem Kreise verschwinden, einfach so, von heute auf morgen, als Wirkung eines Verwaltungsaktes der Kirchenhierarchie? Das ist schnell angeordnet und ausgeführt. Aber können wir damit leben? Dürfen wir diese Schuld auf uns laden? Dürfen wir dies unserer Gemeinde antun? Wie werden wir es den Kindern erklären? Was werden wir den Jugenlichen sagen, wenn sie uns Fragen stellen? Und wie stehen wir selbst vor uns und unserem Gewissen da?

Und könnte nicht auch Gott uns diese Frage stellen? Er hat Pfarrer Hausner in sein Amt berufen. Er hat ihn uns zum Rätsel gemacht und ist gespannt auf die Lösung, die wir finden. Oder ist dieses Rätsel ein neues Stück seiner Wahrheit, so neu und überraschend, daß es uns nur als ›Rätsel‹ erscheint?«

Er sprang auf und ging ein paar erregte Schritte im Zimmer hin und her. Der Raum war dunkel. Nur der glimmende Bildschirm warf Spuren von Licht auf die Gegenstände. Der Cursor pochte wie der Puls der Maschine. Stahlhof spürte die Verantwortung, die auf seinen Worten lag. Und auch er hatte kein klares Ziel. Die Gedanken tauchten auf und verschwanden, umkreisten einander, verdichteten sich. Er hatte keine Ahnung, welches Wetter sich da zusammenbraute. Aber er wußte, daß er Teil desselben war und es mitsteuern konnte und wollte. Und jetzt mußte er die entscheidenden Sätze formulieren.

»Und darum«, schrieb er, »darum muß Pfarrer Hausner bei uns bleiben. Er muß unser Pfarrer sein, wie er es gewesen ist, ja, mehr als er es bisher war. Wir stehen zu ihm, nicht nur in persönlicher Solidarität. Wir stehen zu ihm, weil er zu uns gehört. Er ist Teil unserer selbst geworden. Er muß unser Pfarrer bleiben, und es gibt keinen Grund und kein Gesetz, das darüber stünde. Und folglich keines, das wir anerkennen müßten. Mit diesem Pfarrer wollen wir leben und mit keinem anderen. Wir wollen mit ihm reden. Wir sind gespannt, was er uns zu sagen hat. Wir wollen die Wahrheit suchen, ehrlich und konsequent, und dabei kann und wird er uns helfen.

Vielleicht wird er uns nicht wie bisher auf alles eine schnelle Antwort geben, eine Antwort, zugegeben, die wir ihm nur selten geglaubt haben. Dafür wird er uns sicher Fragen stellen, Fragen wie noch nie, wichtige, richtige Fragen, die unseren Verstand beschäftigen und uns vielleicht weiter bringen als alle Antworten. Bisher standen wir mit unseren Zweifeln allein. Wir fühlten uns schuldig, wenn wir namenlos und persönlich dem in zweitausend Jahren aufgetürmten Lehrgebäude der Kirche gegenüberstanden, mit einer Dummheit, die bei jeder Geburt immer wieder aufs neue begann. Schon in der Kindheit trieb man uns nicht die Zweifel, aber die Fragen aus. Spätestens mit dem Ende der Jugend trauten wir uns nicht mehr, die Zweifel zu äußern, die uns bedrängten. Dabei waren und blieben es die Zweifel, die wir auch schon als Kinder hatten. Aber nun, liebe Leser, liebe Brüder und Schwestern, liebe Kirchgänger und Abständige, liebe Progressive und Konservative, nun haben wir einen Pfarrer, der neben uns steht und neben uns geht. Er ist wahrhaft von der Kanzel herabgestiegen. Er gibt zu, daß er der Sonne nicht näher war, nur weil er bisher auf dem Stuhl gestanden hat. Er ist einer der unseren.

Warum soll ein solcher nicht Vertreter der Kirche sein und bleiben? Warum muß einer sein Kirchenamt in dem Augenblick verlassen, da er menschlich wird? Gläubige Pfarrer gibt es wie Sand am Meer. Warum soll es nicht einen zweifelnden geben? Wir sind mündige Christen. Wir halten das aus. Wir fühlen uns ernstgenommen und ausgezeichnet. Und ich sehe niemanden, der nicht einstimmen würde in den Ruf: Pfarrer Hausner muß bleiben. Wir wollen keinen anderen als ihn. Er ist unser Mann.«

Als er die Maschine ausschaltete, dämmerte schon der Morgen durch das Fenster. Schlagartig war er erschöpft und müde. Er brachte es nicht mehr fertig, den Text des Artikels in die übliche Form zu bringen und auszudrucken. Angekleidet warf er sich aufs Bett und schlief Sekunden später ein. Allerdings ließ ihn die Angelegenheit nicht völlig los. Im Traum sah er sich als Liliputaner über die riesigen Tasten seines Computers hüpfen, und jedesmal, wenn der Boden krachend nachgab, erschien ein flammender Buchstabe am nächtlichen Firmament.

Die Pfarrversammlung ...

verfügte über alles Nötige, um in die Geschichte von St. Kilian einzugehen. Schon vor dem angesetzten Termin war der Saal bis auf den letzten Platz gefüllt. Aus den umliegenden Räumen und sogar von der Kegelbahn im Kellergeschoß holte man Stühle herbei, und auch dann noch mußten zahlreiche Ankömmlinge mit einem Stehplatz am Rand vorlieb nehmen. »Wenn alle reingingen, gingen nicht alle rein«, hatte Pfarrer Hausner früher oft gewitzelt. Jetzt zeigte es sich, wie recht er damit hatte. Man sollte zufrieden sein, daß die meisten Mitglieder der Kirchen am offiziellen Gemeindeleben nicht mehr teilnahmen. Heute summte das Haus von Stimmen und einer Erregung, die man bisher und hier noch nicht erlebt hatte. Die meisten Leute waren wohl zum erstenmal dabei und sahen sich neugierig um. Nachbarn entdeckten überrascht, daß sie beide katholisch waren. Man war verlegen oder betreten, aber so sehr in der Überzahl, daß man das Fremdeln rasch überwand.

Das Extrablatt war im letzten Moment fertiggeworden. Noch feucht kam es aus der Druckerei und wurde sogleich von Pfadfindern, Meßdienern und den Fahrradvirtuosen der Jungen Gemeinde an alle Haushalte verteilt. Stahlhofs Artikel schlug ein wie eine Bombe. Den

Wachen und Aktiven fiel es sofort wie Schuppen von den Augen. Die Zögernden ließen sich bald beim Gespräch an der Ecke, im Supermarkt, am Gartenzaun überzeugen, und die Furchtsamen wurden in der Versammlung ermutigt, gestützt und mitgerissen. Ein Hauch von Pfingsten und Reformation lag über dem Saal. Überall standen Mikrofone, die das Geschehen bis auf den Vorplatz übertrugen. Dort drängten sich Hunderte, die man nicht mehr hatte einlassen können. Auch von den Nachbargemeinden waren Neugierige und Neider eingetroffen. Alle spürten es: Sie waren Zeitgenossen eines ungewöhnlichen Ereignisses. Die übliche Distanz in kirchlichen Dingen, das spöttische Abwinken oder tolerante Hinnehmen waren durchbrochen. Dies hier schien sie unmittelbar zu betreffen. Es tangierte ihr Selbstgefühl und Selbstbewußtsein. Hier kam es nicht nur darauf an, einen Pfarrer zu reklamieren, auf den sie jetzt erst neugierig geworden waren. Es galt auch, denen da oben im Generalvikariat und in der Kirchenhierarchie die Stirn zu bieten.

Hubert Tresch hielt eine kurze Rede. Er unterstrich die Wichtigkeit, ja, die historische Bedeutung dieses Tages, bat aber gleichzeitig um Besonnenheit. »Man kann«, rief er freihändig aus und verließ waghalsig den Boden seiner Notizen, »einer guten Sache keinen schlechteren Dienst erweisen, als sie mit schlechten Argumenten zu verteidigen. Wir haben eine gute Sache, und wir haben gute Argumente. Ich muß nicht berichten, was in den vergangenen Wochen geschehen ist. Ich eröffne also die Aussprache.«

Es hagelte Stellungnahmen. Die Vorsitzenden der Vereine, des Kirchenvorstands, die Religionslehrer der Schulen und die Leiterin des Kindergartens erläuterten ihre Sicht der Dinge. Leute meldeten sich zu Wort, von denen man bis dahin noch keines vernommen hatte. Sie schilderten den Schock, damals am Ostersonntag. Sie beschrieben das Für und Wider, das ihre Seele seitdem zerriß. Sie wußten von Gesprächen mit Kindern und Jugendlichen, von Zweifeln und Anfechtungen, aber auch von einem neuen und großen Mut, der sie beseelte. Sogar Organist Theo Bilkhase, der mit den musischen Gaben von Pfarrer Hausner bisher eher unzufrieden war, forderte nun: diesen Pfarrer und keinen anderen.

Es folgte eine lange Reihe persönlicher Erlebnisse und Erinnerungen. Kranke wußten, wie sie der Pfarrer aufgerichtet hatte. Ehemalige Kommunionkinder und Firmlinge hatten durch ihn eine Ahnung vom Geist erfahren, der in dieser Kirche waltete. Gottsucher und Spötter erinnerten sich seiner Toleranz, und alle waren sich einig, daß ein Mann mit Humor, mit Lebensart und Nähe zum einfachen Mann und zur einfachen Frau genau in diese Landschaft paßte.

In einer Ecke des Saales, vom Gummibaum halb verdeckt und quasi inkognito saß der alte Pater Semmler, ein gekrümmter Greis von nahezu neunzig Jahren. Er versah den seelsorglichen Dienst im kleinen Krankenhaus der Stadt und hatte nichts mehr zu verlieren. Als einziger Geistlicher hatte er es sich nicht nehmen lassen, diese Versammlung mitzuerleben. Er lauschte, merkte auf, lächelte zuweilen oder schüttelte mißbilligend den Kopf.

»Hören Sie es?« sagte er halblaut zu seinem Nachbarn. »Sie reden in vielen Sprachen, und jeder kann den anderen verstehen.«

Alle waren sich einig, und es gab nicht den geringsten Zweifel: Pfarrer Hausner sollte bleiben. Sie waren nicht bereit, ihn herzugeben, ob er nun an Gott glaubte oder nicht. Und keinen Fußbreit würden sie weichen. Stahlhof wurde beauftragt, eine entsprechende Resolution zu formulieren. Er war so schnell damit fertig, als hätte er sie nur aus der Tasche gezogen. Sie wurde angenommen bei einer Gegenstimme und zwei Enthaltungen. Beifall brandete auf und ließ das Gebäude erzittern.

Zum Abschluß gab Organist Bilkhase den Mitgliedern seines Kirchenchores ein Zeichen. Er selbst sprang ans Klavier und präludierte in kurzen, markanten Akkorden. Und dann sangen sie alle ›Großer Gott, wir loben Dich ...‹ lauter und inniger als nach der Fronleichnamsprozession und von Bilkhase mit so kraftvollen Griffen begleitet, als handle es sich um ›Brüder, zur Sonne, zur Freiheit!‹

Draußen in den Feldern unterbrach ein einsamer Jogger seinen Lauf. Der Wind trug Streifen des Gesanges zu ihm herüber. Er sah sich vorsichtig um, konnte aber nichts Auffälliges entdecken. Dort lag das Städtchen, friedlich wie immer. Aber es schien zu singen. Und man verstand sogar die Worte: ›Wie du warst zu aller Zeit, so bleibst du in Ewigkeit.‹

Der Diözesanrat ...

tagte seit einer Stunde im kleinen Sitzungssaal, nicht weit vom Büro des Kardinals. Der nüchterne, weiß gestrichene Raum, der ovale Tisch, die schwarzen Stühle und – als einziger Schmuck – ein kleines Ölgemälde und ein kostbarer Intarsienschrank waren die Kulisse für die meisten Entscheidungen, die hier getroffen wurden.

Nur ein Punkt stand auf der Tagesordnung: Pfarrer Hausner und die Ereignisse von St. Kilian. Die Zeitungen waren voll davon. Der »Aufruhr« wurde in aller Breite beschrieben und genüßlich kommentiert.

Nach der Lektüre von Beierles Pressemappe, in der sich auch Stahlhofs Extrablatt befand, hatte der Kardinal das dringende Bedürfnis, sich für eine Viertelstunde in die Hauskapelle des bischöflichen Palastes zurückzuziehen. Die Ruhe des Raumes, die Behaglichkeit des gut gepolsterten Betstuhls und die Anwesenheit des Ewigen hatten diesmal alle Mühe, seinen Ärger abzuschwächen und ihn in die zielstrebige Energie zu verwandeln, die man an ihm so bewunderte.

In der folgenden halben Stunde riefen fünf Bischöfe an und erkundigten sich besorgt nach Art und Umfang des Geschehens. Sie fürchteten offensichtlich, der Funke könne in ihre Bistümer überspringen und einen Flächenbrand verursachen. In dieser Zeit einer allgemeinen Absetzbewegung der Gläubigen, geschürt und verstärkt von den antikirchlichen Medien, könne man einen solchen Umtrieb nicht brauchen. Der Kardinal stimmte ihnen lebhaft zu.

»Jetzt fehlte nur noch …«

Richtig. Das Telefon klingelte, und sein Referent verband ihn mit dem Apostolischen Nuntius in Berlin. Der schien die Angelegenheit komisch zu finden.

»Respekt, Respekt!« rief er in den Hörer. »Endlich ist mal was los bei euch. Und wer hätte das gedacht. Da hat man zweitausend Jahre auf dem Buckel und meint, alles sei schon einmal dagewesen. Aber so kann man sich täuschen. Der Heilige Geist ist immer wieder für Überraschungen gut.«

»Der Heilige Geist?«

Der Nuntius lachte dröhnend auf. »Es würde mich schon sehr wundern, wenn er nicht auch hier seine Hand im Spiel hätte.«

Plötzlich wurde er ernst. Einen Skandal dürfe es natürlich nicht geben. Der Chef wünsche sich längst schon bessere Botschaften aus Deutschland. Wie der Ortsbischof die Unruhe beilege, sei natürlich seine Sache. Er verlasse sich da ganz auf sein Gespür und Geschick. Auf keinen Fall dürfe die Kirche als solche hineingezogen werden. Sowas müsse man auf ganz kleiner Flamme kochen.

Der Kardinal war ganz und gar des päpstlichen Nuntius Meinung. Von Anfang an habe er die Sache richtig eingeschätzt. Ein Mitarbeiter aber habe sie gegen seinen persönlichen Rat nicht ernst genug genommen. Nun sei es halt passiert, aber natürlich werde man alles tun, um den Schaden zu begrenzen.

Und nun wogte die Sitzung schon eine geraume Stunde hin und her. Das Für und Wider reichte von

»hart durchgreifen« und »dem Spuk ein Ende bereiten« bis »ignorieren« oder »beten«. Schließlich ergriff der Kardinal das Wort.

»Ich habe es geahnt«, sagte er mit einem bitteren Blick auf den Generalvikar. »Dieser Mensch, dieser Pfarrer Hausner, ist eine Gefahr. Er ist es zunächst einmal, weil er offenbar keine Angst hat. Er ist es zweitens, weil er sagt, was er denkt, und weil er tut, was er sagt. Und er ist es drittens und vor allem in der gegenwärtigen Situation der Kirche. Nach Küng und Drewermann, nach ›Netzwerk‹ und dem Aufruhr zahlreicher Theologen fehlte nur noch eines: ein schlichter Gemeindepfarrer, der in aller Öffentlichkeit seinen Glauben verliert und eine Gemeinde, die ihm das nicht übelnimmt. Es muß etwas geschehen und möglichst, bevor er irgendwelche Thesen an irgendwelche Kirchtüren nagelt.«

Die anwesenden Herren blickten angestrengt vor sich hin. Sie zogen es nun vor, sich nicht mehr mit vorlauten Ideen in ein falsches Licht zu setzen. Außerdem gab es ja wohl nur zwei Möglichkeiten: Attacke oder Flucht.

»Und nun meinen Sie«, fuhr der Chef fort, »es gebe nur zwei Möglichkeiten: Attacke oder Flucht. Das erstere haben wir erfolglos versucht. Das zweite kommt nicht in Frage. Aber es gibt eine dritte Möglichkeit, die christliche sozusagen: Umarmung.«

»Umarmung?«

Mehrere Stimmen hatten es gleichzeitig ausgerufen.

»So ist es. Wir müssen nachgeben.«

»Wie? Nachgeben.«

»Nachgeben. Strategisch umarmen.«

»Und wohin soll das führen?«

»Ins Aus. In die Abseitsfalle. Ich garantiere Ihnen, nach zwei bis drei Wochen ist der Spuk vorbei. Jetzt ist es eine Sensation. Jetzt kann man sich damit im Wochenblättchen lesen. Man fühlt sich auf der großen Bühne, und die Welt schaut zu. Jede noch so kleine Knallcharge hält sich für den Hauptdarsteller. Jeder ist sein eigener Zuschauer, aber dann kommt der Montag und der Dienstag und der Mittwoch. Man geht zur Arbeit, und der Chef ist noch der alte. Man kommt nach Hause, und die Kinder liegen sich wie üblich in den Haaren. Die Frau kann sich immer noch nicht angewöhnen, die Zahnpastatube zuzuschrauben, und auch der Nachbar wirft mittags um halb zwei seinen Rasenmäher an. Kurz und gut: Sie spielen den Helden, aber sie sind es nicht. Sie sind begeistert, aber nur von sich selbst. Der kleine Vorrat an Größe, Mut und Geduld ist rasch verbraucht. Bald ist alles wieder beim alten. Meine Herren, ich denke, wir sind uns einig. Die Parole heißt ›Umarmen, taktisch Umarmen‹.«

»Ja, aber«, begann der Weihbischof, »heißt das: Pfarrer Hausner bleibt im Amt?«

»Er bleibt im Amt.«

»Darf er die Messe lesen und Sakramente spenden?«

»Das müssen wir ihm nicht verbieten. Aber wenn er es will, ich habe nichts dagegen. Mit der ersten Sakralhandlung, die ihm unterläuft, wird sein Unglaube unglaubwürdig, und wir haben gewonnen.«

Der Dompropst hob beschwörend die Hände.

»Aber er wird predigen. Er wird öffentlich, von der Kanzel herab, seinen Atheismus verkünden. Er wird die böse Saat des Zweifels in die Herzen der Kinder streuen. In hellen Scharen werden die Leute die Kirche verlassen.«

»Auch dann haben wir gewonnen«, beharrte der Kardinal. »Wenn die Gemeinde erst einmal hinreichend geschrumpft ist, wird man von der Absetzung des Pfarrers nicht mehr viel Aufhebens machen. Aber so weit wird es nicht kommen. Denken Sie an Savonarola oder die Wiedertäufer! Wirre Unregelmäßigkeiten, wie sie in nervösen Zeiten auch in der Kirche vorkommen, wachsen sich schnell zum grotesken Ärgernis aus. Die Leute fangen an, sich zu ängstigen, und schon kehren sie in die vertrauten Arme der Kirche zurück.«

Sie schwiegen. Sie waren nicht überzeugt, aber überredet. Die Kirche war nun mal keine Demokratie, und das hatte gelegentlich sein Gutes. Niemand mußte verantworten, was von oben herab angeordnet wurde.

»Also gut«, sagte der Generalvikar, »Ihr Wort in Gottes Ohr.«

Am frühen Nachmittag ...

erschien eine Abordnung der St. Kilian-Gemeinde bei der Bistumsleitung und begehrte, den Generalvikar zu sprechen. Es waren augenscheinlich friedliche Leute, Mitglieder des Pfarrgemeinderates und des Kirchenvorstands, außerdem die Vorsitzenden der Vereine. Auch BDKJ und Meßdienerschaft waren vertreten.

Der Prälat fühlte sich nicht wohl in seiner Haut. Als ihn der Pförtner verständigte, lag ein Hauch von Revolution in der Luft.

»Gut. Sagen Sie ihnen, ich komme.«

Bedachtsam stieg er die Treppe hinab und durchquerte mehrere Korridore. Links und rechts öffneten sich die Bürotüren. Besorgte Mitarbeiter sahen ihm nach. Später würde er noch oft erzählen, wie er in diesem Augenblick höchster Gefahr allein und unbewaffnet vor die erregte Menge getreten sei.

»Was kann ich für Sie tun?« fragte er.

Stahlhof trat vor und grüßte höflich.

»Wir kommen von St. Kilian – na, Sie wissen schon, und haben eine Resolution der Pfarrversammlung abzugeben.«

Er hatte das Papier schon in der Hand und reichte es dem Kirchenmann. Der las es sorgfältig durch.

»Sie möchten also, daß Pfarrer Hausner in St. Kilian bleibt.«

Alle nickten eifrig.

»Und Sie sind überzeugt, daß Sie einen Pfarrer brauchen können, der seinen Glauben an Gott aufgegeben hat.«

Viele nickten wieder. Andere lächelten verlegen. Alle schienen es immerhin versuchen zu wollen.

»Sagen wir, ein Pfarrer für ›besondere Aufgaben‹«, meinte Stahlhof.

»Und an welche ›besonderen‹ Aufgaben haben Sie gedacht?«

»Er könnte z. B. die allzu glatten Christen der Gemeinde ein wenig aufrauhen. Er könnte uns mit interessanten Fragen konfrontieren, die für unseren Alltag wichtig sind.«

»Und wenn dann alle vom Glauben abfallen?«

»Ach, wissen Sie, ein Glaube, der nur deshalb besteht, weil er zufällig noch nicht auf gewisse Fragen gestoßen ist, hat seinen Namen nicht verdient.«

Eine Weile blieb es still. Der Prälat ließ seinen Blick über die Gesichter der Gruppe streifen.

»Gut«, sagte er und faltete die Resolution sorgfältig zusammen. »Er kann bleiben.«

Die Leute glaubten, sich verhört zu haben, und sahen sich fragend an.

»Ich wiederhole: Er kann bleiben.«

War das eine Falle? Stahlhof fuhr sich nervös durch die Haare.

»Heißt das, er kann wirklich bleiben? Als unser Pfarrer? Mit Wohnung und Gehalt?«

»Mit Wohnung und Gehalt ...«

Sie sahen sich an. Ihre Gesichter hellten sich auf. Dann brach lauter Jubel aus. Die Leute umarmten sich und schüttelten auch ihm die Hand. Der GV winkte lachend ab.

»Wahrscheinlich wird er eine Zurückstufung in Kauf nehmen müssen. Er wird ja keine Messen mehr lesen, keine Taufen, Trauungen oder Beerdigungen abhalten. Dafür haben Sie vorerst Kaplan Leske. Ihm steht eine Funktionszulage zu.«

Sie konnten es noch immer nicht fassen. Sie hatten mit einer scharfen Ablehnung gerechnet, mindestens mit hinhaltenden Schnörkeln, und nun war alles ganz klar und einfach, als hätte man hier auf nichts anderes gewartet als auf ihre Resolution.

»Und der Kardinal?« fragte Stahlhof.

Der Prälat zuckte leichthin die Achseln. »Ich rede gleich mit ihm. Machen Sie sich da mal keine Sorgen.«

Die Frohbotschaft ...

hatte sich bis zum frühen Abend in St. Kilian und Umgebung verbreitet. Sie drang in die Küchen und Kinderzimmer, in die Wohnhöhlen der Jugendlichen und in die Stuben der Alten. Groß war die Freude über den Sieg, und – alle Achtung! – das hatte niemand mehr der Kirche zugetraut: eine so einfache, so klare und unkonventionelle Entscheidung.

Sie spürten es alle: Es knisterte im Gebälk der uralten Institution. Sie schien sich zu strecken wie ein knorrig verwachsener Baum, der im Frühling neuen Saft in seinen Wurzeln und Zweigen fühlt. Das große Schisma der Kirche, das »Wir hier unten« und das »Ihr da oben« war wie aufgehoben, hier, in ihrem Städtchen. Ihr Pfarrer durfte bleiben als lebender Verstoß gegen alle Regeln der Dogmatik und des Kirchenrechts. Ihr Pfarrer durfte sein, was er geworden war. Seit heute beherbergte ihr Städtchen ein Weltwunder: den einzigen Pfarrer der katholischen Kirche, der von der Kanzel herab den Zweifel verkündigen durfte, den Zwillingsbruder des Glaubens, den Trainingspartner, den Schrittmacher, den Stifter heilsamer Unruhe und Garanten für neue Entdeckungen im Reich des Geistes.

Es gab nur wenige, denen bei alledem nicht recht wohl war. Der Sieg kam ihnen zu schnell und zu glatt. Sie hatten sich auf einen langen und auf Dauer wohl auch vergeblichen Kampf eingestellt. Das schnelle Nachgeben der Kirche, noch bevor das Tauziehen so richtig begonnen hatte, war ihnen unheimlich. So einfach gibt eine große und schwerfällige Institution nicht auf, die doch längst den größten Teil ihrer Energie darauf verwandte, sich selbst zu erhalten, auch wenn sie sich im Grunde selbst dabei verriet.

Um das Pfarrzentrum herum wurde es lebendig. Der warme Abend ließ gar keine andere Wahl. Man lief zusammen. Man improvisierte ein kleines Fest. Mancher Fernseher blieb kalt. Dafür erglomm der »heilige Würstchengrill« (so hieß er, weil in ihm auch in der Osternacht das Feuer entzündet wurde). Bäcker Munte spendierte die unverkauften Partybrote des Tages. Bierverleger Brepohl rollte mehrere Fässer heran. Die Bänke und Stühle des Pfarrsaales waren schnell ins Freie gestellt.

Es fehlte nur einer: Pfarrer Hausner.

Viele merkten es gar nicht von selbst. Sie waren zu sehr beschäftigt und fraglos überzeugt, er liefe längst hier irgendwo herum. Erst als eine Gruppe aufbrach, um ihn feierlich herzuführen, entdeckten sie das Malheur.

Agnes öffnete. Er sei nicht im Haus, das er vor gut zwei Stunden verlassen habe. Wohin? Keine Ahnung, aber er müsse jeden Moment zurücksein. Sie wolle ihn dann gleich hinüberschicken.

Sie sahen sich betreten an.

»Ihr müßt das verstehen«, meinte Lehrer Radner, »er ist halt doch ein Geistlicher. So einer feiert nicht wild drauflos, wenn er seinen Glückstag hat, sondern er zieht sich erst einmal zurück, um sich nichts anmerken zu lassen.«

Das war eine plausible Erklärung. Wohlgemut kehrten sie ins Getümmel des Pfarrzentrums zurück.

Pfarrer Hausner ...

war schon am Nachmittag zu einem längeren Marsch durch die Felder aufgebrochen. Diese dehnten sich im Westen bis an den Horizont. Kleine Weiler, Wäldchen oder Kiesgruben boten dem Auge einen Anhaltspunkt. Darüber wölbte sich der hohe Frühlingshimmel. Mit der sinkenden Sonne mischte sich immer deutlicher Rot in das Blau. Drüben in Schumachers Erdbeerplantage spielten ein paar Kaninchen, offenbar bereit, sich im nächsten Moment zu vermehren.

Das friedliche Bild kontrastierte stark mit den widerstreitenden Gefühlen und Gedanken, die ihn bestürmten. Wenn es einen Punkt gegeben hatte, in dem er mit dem Generalvikar einig gewesen war, so die Selbstverständlichkeit, daß seines Bleibens im Amte nicht länger war. Nach siebenundzwanzig Jahren Dienst zwischen Himmel und Erde, aber auch im festgefügten Regelwerk der Kirche, kamen andere Lösungen für ihn überhaupt nicht in Betracht. So hatte er auch der hochschäumenden Sympathie und Kampfbereitschaft der Leute nur mit Amüsement zugeschaut, wohl wissend, daß Vorstöße solcher Art in den vordersten Linien der Kirchenbürokratie zu enden pflegten.

Die unerwartete Entscheidung des Kardinals verwirrte ihn. Nicht nur, daß sie in jeder Hinsicht unlogisch und unbegreiflich war, sie machte ihn geradezu hilflos, da er keinen festen Bezugspunkt erkennen konnte. Und sie stellte ihn vor ganz neue Überlegungen. Seine Zeit als normaler Pfarrer war vorbei. Seine Zeit als weltlicher Bürger unter leerem Himmel hatte gerade erst begonnen. Die beiden Welten seines bisherigen Lebens standen sich fremd und in scharfer Trennung gegenüber. Und dies nun hieß, genau genommen, sie beide miteinander im Alltag auszuhalten und gelten zu lassen.

Konnte das funktionieren? Er hatte keinerlei Bedürfnis, die Mitglieder der Gemeinde zu seiner neuen Weltsicht zu bekehren, konnte sie aber auch nicht in ihrer Haltung bestätigen und fördern. Er wäre eine Leerstelle, eine sichtbare, eine wandelnde Leerstelle. Man würde sich an ihm stauen, an ihm reiben und damit nur sich selbst ein wenig deutlicher spüren.

Andererseits, dieses Nebeneinander der beiden Welten war die alltägliche Situation der Leute. Warum sollte es unmöglich sein, sie in einer Person zu repräsentieren, wenn es sogar die Leitung der Diözese für möglich hielt? Wahrscheinlich gab es mehr Atheisten in der Kirche, als sich Papst und Bischöfe träumen ließen. Warum sollte sich nicht einmal einer frei dazu bekennen dürfen?

Aber wollte er selbst? Würde er die Spannung aushalten? War es nicht sehr viel angenehmer, sich zurückzuziehen, irgendwohin, wo nur weniges überflüssig war? Er kannte ein kleines Haus am Waldrand hoch über der Steilküste der Ostsee. Hier wohnten gute Leute, die ihm und Agnes eine freundliche Bleibe schaffen würden. Die Sehnsucht nach Einsamkeit, nach einfachen Dingen und freier, sinnvoller Tätigkeit stieg in ihm auf. Schluß mit der Tyrannei der Gedanken! Weg vom Trommelfeuer der Worte! Nie mehr befragt und mißtrauisch beäugt werden. Nie wieder erklären müssen!

Er lief ein paar Schritte schneller, als müsse er einer großen Verlockung entkommen. Dann nahm ihn die Sonne gefangen, die in diesem Moment den Horizont berührte. Der riesige, dunkelrote Glutball schien bersten zu wollen. Noch einmal streute sich sein Licht in Flocken über die Felder. Dann erlosch das Schauspiel. Ringsum verblaßten die Farben. Das Land schien zu frösteln. Es war die plötzliche Kühle, aber auch die uralte Angst, das lebenspendende Gestirn habe sich möglicherweise für immer verabschiedet.

Hausner kehrte um, aber er ging unschlüssig, ohne Ziel. Er hoffte, die Stadt werde ihm nun fremd erscheinen, nachdem er sich schon mit dem bevorstehenden Abschied abgefunden hatte. Aber sie ließ sich nicht darauf ein. Er kannte jede Straße und jedes Haus. Die Fassaden hatten Gesichter, Menschengesichter, denn dahinter wußte er Leute, die er in wichtigen Momenten ihres Schicksals begleitet hatte, Kinder, Jugendliche, Erwachsene und Greise. Momente des Erwachens, der Begegnung, des Aufstiegs und Momente des Erlöschens, der Trennung und des Absturzes. Krankheit und Tod, Streit und Verzweiflung, Kälte und Leidenschaft. Ihm war, als könnte man ihn blind durch diese Straßen führen und als wüßte er jederzeit, wo er sich befand. Er würde es spüren, an der Temperatur der Häuser, an feinen Vibrationen, am Puls, der in ihren Wänden pochte. Siebenundzwanzig Jahre …

Drüben, am städtischen Bauhof, standen die Wohncontainer der Asylbewerber; gleich neben der »Sammelstelle für Schadstoffe«. Als ein paar glatzköpfige Schläger Steine und Brandsätze warfen, hatte er einen ganzen Winter lang Wache gehalten, zusammen mit vielen Jugendlichen und Erwachsenen. Handwerker und Professoren, Punks und geschniegelte Gymnasiasten, Evangelische und Katholische und mindestens soviele Freidenker waren sich in einem Punkte einig: kein Zugeständnis an die Barbarei. Eines Nachts tauchte Andreas auf, der bis dahin stadtbekannt zur anderen Seite gehört hatte. Erst wußten sie nicht, was sie davon halten sollten, und auch er stand linkisch herum, aber dann spürte er, daß sie ihn persönlich meinten, und er kam jede Nacht. »Gewalt ist keine Lösung«, sagten sie, als er vorschlug, die Schläger einfach zu verprügeln, aber heimlich waren sie froh, wenn er nachts um zwei oder um vier noch einmal vorbeikam.

Und dort drüben wohnten die Buschkis im Hinterhaus. Die Frau war stumm, und man wußte, daß ihr Mann sie verprügelte, wenn er betrunken nach Hause kam. Ihre sechs Kinder waren das Sicherheitsrisiko des ganzen Viertels. Der kleine Andy kam zuweilen in die vollbesetzte Sonntagsmesse, drückte sich irgendwo in eine Bank und aß dort in Ruhe sein Butterbrot. Dann legte er den struppigen Kopf auf die Arme und schaute gutwillig zu, bis es ihm langweilig wurde und er wieder verschwand. Er und seine Geschwister mischten sich schmuddelig und unbefangen unter das Publikum des Pfarrfestes. Frau Pullig wußte dann, daß ihr ein paar Erbsensuppen in der Endabrechnung fehlen würden, und man sorgte auch stillschweigend dafür, daß sie bei der Tombola einen Trostpreis gewannen.

Um das nächste Haus hätte er gern einen weiten Bogen gemacht. Hier residierten die Müller-Giesings, streng katholische Leute, die auf sich hielten und ihrer Tochter Julia die Pille verboten hatten. Das Mädchen war ein liebreizendes Geschöpf. Das fand auch Christian, der freundliche, ein wenig schüchterne Bursche aus der Frenzenstraße. Wer das Glück hatte, konnte den beiden weit draußen in den Feldern begegnen, wo sie heimlich spazierengingen und sich wie Kinder stumm und selig bei der Hand hielten. Julia wurde schwanger und mit schwerstem Familienterror zur Abtreibung gezwungen. Als Hausner davon erfuhr, waren die jungen Leute schon zu Stein erstarrt. Er hatte versucht, sie anzusprechen, um ihre Qual mit ihnen zu teilen, aber wenig später verschwanden sie in verschiedene Richtungen. Eines Tages ging das Gerücht, Julia sei im Frankfurter Bahnhofsviertel gesehen worden.

An der Tür blieb Hausner stehen. Er mußte den dringenden Wunsch niederkämpfen, einfach zu läuten und den frommen Müller-Giesings die Pest an den Hals zu wünschen.

Manche Türen und Fenster waren leer, denn viele Bewohner lagen schon auf dem kleinen Friedhof an der Heddinghovener Kapelle. Die kesse Luzia, die auf ihrem Campingplatz in Spanien von der Flammenwalze einer Gasexplosion überrollt worden war. Oder ein bekannter Fußballtrainer, der seine Karriere auf dem hiesigen Bolzplatz begonnen hatte und in seiner Heimatstadt begraben sein wollte.

Ach ja. Und in zehn Wochen würde der alte Huneke wieder auftauchen, der Wanderer, der Tippelbruder mit seinem Knotenstock und speckigem Rucksack. Jedes Jahr am gleichen Tag führte ihn sein Weg zur Tür des Pfarrhauses, seit zwanzig Jahren, verläßlich wie die Gezeiten. Agnes hielt immer schon das »Freßpaket« bereit, und man erfuhr interessante Neuigkeiten aus der großen weiten Welt. Zu Anfang ihrer »Freundschaft im Jahrestakt« hatte Hausner ihn für eine Art Gnom gehalten, bei dem noch nicht entschieden war, ob Gott oder der Teufel in ihm steckte.

Er schmunzelte. »Der alte Huneke!« Schon seinetwegen mußte er bleiben, wenigstens bis zum zwölften

Oktober, wenn das jährliche Schwätzchen wieder fällig war.

Er bog in die Schloßstraße, und sogleich empfingen ihn die akustischen Ausläufer der Siegesfeier. Gern hätte er sich unbemerkt ins Haus geschlichen, aber das war unmöglich. Dort nämlich stand ein Meßdiener Wache. Als der ihn erkannte, raste er davon, um die Leute zu alarmieren.

Es half nichts. Sie empfingen ihn mit großem Hurra. Sie drückten ihm ein riesiges Bier in die Hand. Sie prosteten ihm zu. Es hagelte Glückwünsche, und Herr Tresch improvisierte eine kleine Rede. Der Kirchenchor nahm Aufstellung. In Ermangelung eines geeigneten Liedes sang man den üblichen Geburtstagskanon. Es folgte eine aufmunternde Stille, woraus Hausner schloß, daß er sich nun zu bedanken hatte.

»Das ist schon ziemlich verrückt, was ihr hier macht«, sagte er, »ihr seid eine katholische Gemeinde und feiert ein Fest, weil ihr nun einen gottlosen Pfarrer habt. Darauf muß man erst einmal kommen. Aber verlaßt euch drauf. Ich werde dafür sorgen, daß ihr alle in die Hölle kommt!«

Sie johlten vor Vergnügen und fanden es ganz in der Ordnung. Nicht alle. Es gab eine Ausnahme. Am Fenster seines Zimmers im zweiten Stock stand Kaplan Leske und blickte fiebrig in den Trubel hinab. Er verstand die Welt nicht mehr.

Lebhafte Wochen ...

folgten und vernichteten die Stille und den Frieden, der früher rings um St. Kilian geherrscht hatte. Das Pfarrhaus war eine begehrte Adresse geworden. Zahlreiche Leute suchten den neuartigen Pfarrer auf. Sie fragen ihn um Rat in eigenen Glaubenszweifeln. Wo sie bisher nur ängstigende Unruhe verspürt hatten, erhofften sie von ihm Klarheit und Zuspruch. Früher hätten sie lange gezögert, sich mit den vertrackten Widersprüchen ihres Nachdenkens an einen Pfarrer zu wenden. Sie hätten sich schuldig gefühlt, andere ständig in Gefahr, bei einem theologischen Denkfehler ertappt zu werden. Jetzt tat es ihnen wohl. Dieser Pfarrer saß neben ihnen und hörte zu. Und ihre Probleme waren auch die seinen.

Aber das Pfarrhaus wurde auch Anziehungspunkt für zwielichtige Gestalten. Der Vertreter einer freireligiösen Gemeinde machte ihm ein lukratives Angebot. Vom Fleck weg könne er Bischof werden mit dem dreifachen seines bisherigen Gehalts. Zahlreiche Sekten bombardierten ihn mit Prospektmaterial. Einmal klingelte es an der Haustür, und er sah sich unvermittelt einem Menschen gegenüber, der ihm in fünf Minuten einen mystisch-wissenschaftlichen Weltanschauungs-Maggiwürfel aus Bermudadreieck, Atlantis-Theorien,

Pyramiden-Symbolik und Maya-Astrologie zusammenbraute. Ein anderer bewies ihm schlüssig, daß Christus durch ein Komplott seiner Jünger nur scheintot begraben, später in Indien gelebt habe, wo er – mit Maria Magdalena verheiratet – hochbetagt gestorben sei.

Hausner erwies sich als begriffsstutzig oder widerspenstig. Dabei hätte er mit ein wenig Entgegenkommen bald alles über die Geheimnisse seines Astralkörpers, über Quigong und die Chakren seiner Wirbelsäule gewußt. Stattdessen wußte er sehr bald, wie furchtbar schwer es war, auf anständige Weise seinen Glauben zu verlieren. Und gefährlich war es auch. Ein streitgewohnter Dominikaner aus der näheren Umgebung rief alle zeitlichen und ewigen Höllenstrafen auf sein Haupt herab. In Hausners Post fanden sich anonyme Briefe mit bedrohlichem Inhalt. Man brandmarkte ihn als Verführer der Jugend und Verräter an den Werten der Kirchen.

Eines Abends – es war schon Mitte August – stand Aloys Meyer-Knüsel im Türrahmen und outete sich als Vorsitzender des Vereins anonymer Atheisten. Er bot ihm ohne Umschweife die Mitgliedschaft an und hatte zufällig ein Aufnahmeformular dabei. Hausner wollte nicht unhöflich sein und versprach, sich die Sache zu überlegen.

»Überlegen Sie nicht zu lange!« beschwor ihn Meyer-Knüsel. Zur Sicherheit ließ er ihm ein Exemplar des von ihm selbst verfaßten »Breviers für Atheisten« und empfahl ihm, dreimal täglich darin zu lesen. Von Büchner bis Feuerbach, von Ernst Heckel bis Arno Schmid sei alles zusammengetragen, was gegen religiösen Wahn immunisiere.

Tags darauf hatte er den Chefredakteur des »Thüringer Tageblatts« am Telefon, der ihm eine Kolumne anbot. Eine süddeutsche Tageszeitung war gegen gutes Geld bereit, seinen Weg in den Zweifel als intimes Tagebuch in Fortsetzungen zu bringen. Und kein Geringerer als »Der Spiegel« hoffte auf heikle bis schlüpfrige Innenansichten aus dem kirchlichen Muff.

Hausner wußte, daß dies in wenigen Wochen vorüber sein würde, aber jetzt ahnte er auch, wie lang wenige Wochen sein konnten. Es gab Augenblicke, in denen er sich gut vorstellen konnte, daß jemand wider besseres Wissen Mitglied der Kirche blieb, nur um sich diesen Narrentanz zu ersparen.

»Gott ist tot! (Nietzsche)« hatte jemand über Nacht an die Außenwand von St. Kilian gesprüht. Am nächsten Morgen stand gleich daneben: »Nietzsche ist tot! (Gott)«

Das Mittwochsforum ...

war eine Bildungseinrichtung der Diözese. Heute hatte man zur Podiumsdiskussion eingeladen, und im großen Saal des Pfarrzentrums ging es hoch her. Früher hatten nur lupenreine Redner mit erbaulichen Vorträgen auf dem Programm gestanden. Jetzt erlaubte die ungewöhnliche Enklave des sanktionierten Zweifels ganz andere Themen und Experten. Nicht alle Mitglieder der Gemeinde interessierten sich für die »akademischen Spitzfindigkeiten«, dafür kamen Gäste von weit her. Hier fanden sie sozusagen Asyl für ihre Fragen, durften sich frei äußern und angstlos irren. Und alles im »kirchlichen Raum«, eine Sensation, die sie noch immer kaum fassen konnten.

»Entweder hat Gott die Welt geschaffen oder nicht.« Professor Walther von der theologischen Fakultät der Universität hob zu einer scharf geschliffenen Gedankenkette an. »Hat er sie nicht geschaffen, so hat sie ihren Grund in sich, und wir brauchen nicht nach einem Gott zu suchen. Denn ein Wesen wird nur dadurch Gott, daß es den Grund allen Seins in sich enthält.«

»Aber kann Gott die Welt überhaupt geschaffen haben?« unterbrach ihn Professor Dinkelsbühl. »Entweder die Schöpfung ist ewig, oder sie hat einen Anfang. Im letzteren Fall muß Gott sie zu einem gewissen

Zeitpunkt geschaffen haben. Das hieße: Er hat eine Ewigkeit geruht und wurde plötzlich tätig. Er hat sich selbst also eine Veränderung auferlegt, die den Begriff ›Zeit‹ auf ihn anwendbar macht. Das ist mit seinem Wesen nicht vereinbar. Er kann sie also nicht geschaffen haben. Er hat sozusagen ein Alibi.«

»Und daraus folgt, daß es ihn gar nicht gibt.«

»Es gibt aber die Schöpfung!« rief jemand aus dem Saal. »Ich weiß es ziemlich genau, denn ich habe Zahnschmerzen.«

Freundliches Gelächter quittierte die Pointe. Man hatte überhaupt den Eindruck, einem liebenswürdigen Gedankenaustausch beizuwohnen und nicht etwa einem wütenden Gefecht philosophischer Kampfhähne.

»Und wenn aber die Schöpfung ewig ist«, nahm Prof. Dinkelsbühl den Faden wieder auf, »so ist sie eins mit Gott, und er ist eins mit ihr. Dann wären Sie und ich, wir alle, Attribute Gottes. Nichts weiter, aber immerhin!«

Wieder meldete sich die Stimme aus dem Saal. »Ich fühle mich geschmeichelt, aber wird sich Gott geschmeichelt fühlen, wenn wir ihm unterstellen, daß er in mir als einem seiner Attribute Zahnschmerzen haben kann?«

Wieder erntete er Gelächter. Prof. Walther kam ihm zu Hilfe. »Die Welt ist eine Kette von Wirkungen, von denen jede eine Ursache hat. Die Welt als Ganzes erscheint mir als eine ziemlich unvollkommene Wirkung. Ich vermag von ihr nicht auf eine vollkommene Ursache zu schließen.«

»Andererseits«, konterte Dinkelsbühl, »eine vollkommene Ursache könnte auch keine vollkommene Wirkung haben. Das Geschaffene hat nie seinen Grund in sich selbst, womit ihm das Wesentliche fehlt und seine Unvollkommenheit bewiesen wäre.«

»Wir drehen uns im Kreis«, stöhnte Dr. Flamme, der die Veranstaltung organisiert hatte und sich seit geraumer Zeit fragte, zu welchem Fazit man kommen werde. Er machte einen letzten Versuch, auf ein vielleicht konsensfähiges Thema auszuweichen. »Und die Moral?« fragte er, »Was ist mit der Moral?«

Es gab sofort Konsens, denn alle Diskutanten sahen ihn strafend an.

»Die Moral, lieber Flamme«, bündelte Dinkelsbühl »führt uns nicht weiter. Erst beweist man Gott aus der Moral und dann die Moral aus Gott.«

Jetzt erhob sich Studienrat Mohrle vom hiesigen Gymnasium. »Ich schlage vor, wir denken uns Gott als die Gesamtheit von allem. Er ist er selbst, aber auch sein Gegenteil. Er ist vollkommen und unvollkommen, böse und gut, selig und leidvoll. Er ist die Gleichung ›y gleich 1 durch x‹. Die Kurve kommt aus ›unendlich x‹ und geht nach ›unendlich y‹. Dann taucht sie plötzlich aus ›minus unendlich x‹ wieder auf und verschwindet in Richtung ›minus unendlich y‹. Und während man des Rätsels Lösung im Weiten sucht, hat man es unmittelbar vor sich. Der Schnittpunkt der Unendlichkeit ist Null.«

Niemand hatte ihn verstanden, aber alle klatschten Beifall. Mohrle war eben einer der ihren.

In der Mitte des Saales saß Frau Anni Pullig mit aufgerissenen Augen und halboffenem Mund. Seit einer Stunde folgte sie der Debatte, wandte den Kopf hin oder her wie beim Endspiel zwischen Steffi Graf und Martina Navratilowa. Immer wieder griff sie nach dem Arm ihres Mannes und fragte tonlos: »Hast du das gehört? Was meint der jetzt?« oder »Helmut, dürfen die das einfach so sagen?«

Helmut beruhigte sie. »Sie dürfen, Anni. Hier dürfen sie.« Er sagte es ruhig wie einer, der kein Wort verstand und deshalb sicher war, daß keinerlei Gefahr im Verzuge war.

»Aber das ist ja schrecklich«, beharrte Anni. »So kann man doch nicht mit dem lieben Gott umspringen.«

»Man kann, Anni«, beruhigte Helmut. »Er macht sich nichts draus. Vielleicht lacht er sich sogar schief, ich meine, falls es ihn gibt.«

Frau Pullig fuhr entsetzt herum.

»Falls es ihn gibt? Helmut!«

Zur gleichen Zeit …

als im Pfarrsaal von kompetenter Stelle über die Existenz Gottes entschieden wurde, war Pfarrer Hausner anderweitig beschäftigt. Er stand breitbeinig und in triefender Gummischürze an der großen Saftpresse der Familie Glöckner, drehte schwitzend die Kurbel und sang dazu mit dröhnendem Baß »Bald hebt sich auch das Herbsten an, die Kelter harrt des Weines. Der Winzer Schutzherr Kilian beschert uns etwas Feines! Fallerie, fallera usw.«

Christa Glöckner und Agnes saßen derweil auf dreibeinigen Schemeln, schälten und schnitzelten ganze Badewannen voller Äpfel, während Ernst Glöckner den schäumenden Most in große Glasballons füllte, ihn mit Weinhefe versetzte und in Wallung und Gärung brachte. Dabei hielt er gewaltige Vorträge über biochemische Teilprobleme und kulturgeschichtliche Hintergründe.

Die anderen ließen sich dadurch nicht die Laune verderben. Sie fragten eifrig, was sie längst schon wußten, oder stimmten eine neue Strophe des Frankenliedes an. »Zum heil'gen Veit von Staffelstein bin ich emporgestiegen und sah die Lande um den Main zu meinen Füßen liegen.«

Der Kellerraum glich einem Schlachtfeld. Hier lagen Berge von Apfelschalen, dort türmten sich Eimer und

Schüsseln. Unter jedem Schritt spritzten Pfützen aus Wasser und Apfelsaft. Ein süßer Dunst vernebelte die Deckenlampe und längst auch den Verstand der vier Alchimisten, die aus vollem Halse sangen. »O heil'ger Veit von Staffelstein, verzeih mir Durst und Sünde!«

Der heilige Veit hatte allen Grund dazu, denn von Zeit zu Zeit verschwand der Hausherr nach nebenan und brachte aus dem Kühlkeller eine staubige Flasche vom Apfelwein des Vorjahres. Das blonde Getränk schoß schäumend in die Gläser. Man hob es gegen das Licht, prüfte Reinheit und Bouquet und goß es in großen Schlücken hinter den eigenen Kragen.

»Im Wein ist Wahrheit!« behauptete Ernst.

»Aber nur, wenn Wahrheit im Wein ist«, ergänzte Hausner, »und daran ist in diesem Fall wohl kein Zweifel.«

»Aha«, rief Christa, »es gibt etwas, woran er nicht zweifelt, unser Herr Pfarrer! Das muß der Kardinal erfahren.«

»Ein großer Jahrgang!« lobte Hausner und wischte die klebrigen Hände an der klebrigen Schürze ab.

»Und eine herrliche Lage dazu!« ergänzte Ernst.

»Vielleicht ein wenig zu erdig«, meinte Christa, die sehr wohl wußte, daß es sich um Fallobst von der Herriger Landstraße handelte. Alle lachten und widmeten sich mit neuem Schwung ihrer Tätigkeit.

Das feuchtfröhliche Keltern in Glöckners Waschküche gehörte für die drei zum Rhythmus des Jahres wie Ostern, Weihnachten oder die Silvesteransprache des Bundeskanzlers. Sobald die Äpfel reif waren, gingen sie an die Hecken und Zäune, um herrenloses Fallobst einzusammeln. Wenn niemand genau hinsah, geriet auch solches mit klareren Besitzverhältnissen darunter. Auf dem Höhepunkt der Kampagne schwärmten sogar Meßdiener aus. Merkwürdigerweise schleppten die größten

Rüpel auch die größte Ausbeute herbei, makellose Äpfel ohne Druckstellen oder Wurmbefall. Wenn dann der Saft die rechte Süße hatte, wenn Gesang und Reden die Arbeit lautstark begleiteten und auch die Milliarden von Hefebakterien ihre Pflicht erfüllten, reichte das sauerfrische Ergebnis fürs ganze Jahr. Ein beträchtlicher Teil wurde sogar noch bei verschiedenen Festlichkeiten gegen gutes Geld ausgeschenkt und kam »Talita kumi« zugute, dem Heim für die Straßenkinder von Quito in Ecuador, das die Kilianer zusammen mit ihren evangelischen Glaubensbrüdern finanzierten.

Jetzt hielt es Christa für geboten, den flüssigen Genüssen ein paar stabile Elemente einzuziehen. Sie lief nach oben in die Küche und kam wenig später mit einem gewaltigen Holzbrett zurück, auf dem sich Brot und Butter, dampfender Leberkäse und pralle Würste häuften. Sie wurde mit Ausrufen des Entzückens begrüßt, und man machte sich mit Heißhunger über die deftigen Köstlichkeiten her.

Zuweilen hatte sich Ernst auch ein Gläschen des frisch gepreßten Saftes genehmigt, leider genau eines zuviel, denn als er gegen Mitternacht zu einem längeren Vortrag über Öchslegrade und Haltbarkeit ansetzte, raffte er plötzlich seinen Hosengürtel zusammen und stürzte mit einem Fluch hinaus. Die Hinterbliebenen bogen sich vor Lachen, Hausner sang hinter ihm her »Ich wollt, mir wüchsen Flügel!«, und sogar Agnes verzog erkennbar das Gesicht.

Wenig später erschien Barbara, die jüngste Glöckner-Tochter, in der Tür und blickte streng in das lärmende Chaos. Sie erkannte sofort, daß hier jeder Erziehungsversuch scheitern mußte und zog sich kopfschüttelnd wieder zurück.

Die Turmuhr schlug eins, als fünf große Flaschen sauber in Reihe standen, mit Gummikappe verschlossen und mit Glasröhrchen gekrönt, bereit, ihren naturtrüben Inhalt auf wunderbare Weise in klaren Apfelwein zu verwandeln. Noch einmal – und nun schon nicht mehr ganz taktsicher – erhob Hausner die Stimme. Alle fielen ein und sangen so laut, daß ringsum die Nachbarn aus schwerem Schlaf emporfuhren: »Es liegt, ich seh's dem Keller an, ein guter Jahrgang drinnen.«

Die Stadt lag in tiefem Schlaf. Agnes hielt sich dicht bei ihrem Bruder und mußte mehrmals seinen Kurs korrigieren. Als sie den Kirchplatz überquerten, kamen ihnen die letzten Diskutanten des Mittwochsforums entgegen.

»Sie hatten Recht!« rief Lehrer Freundlich, als er den Pfarrer erkannte. »Es gibt keinen Gott!«

»Was Gott verhüten möge«, lallte Hausner und ließ sich von Agnes ins Haus zerren.

Stunden später ...

stieg Hausners Bewußtsein aus der leeren Schwärze seines Tiefschlafes mit mattem Flügelschlag in die trübe Dämmerzone empor, in der sich Ahnen und Wissen zu einer fleckigen Seelenlandschaft mischten und wo sich aus den von Dämonen düster bevölkerten Abgründen zuweilen die engelgleiche Lichtgestalt einer weit über den Alltag hinausweisenden Schau erhob.

Da hatte er einen merkwürdigen Traum. Ihm war, als hätte er die Stadt verlassen, nicht ohne den Staub aus den Sandalen zu schütteln, und schritt nun rüstig aus auf der Landstraße, die sich weit hinaus in die Ebene schwang und den Horizont in zwei gleichgroße Hälften teilte.

Plötzlich hörte er Hufschlag in der Ferne. Er wandte sich um und entdeckte einen Reiter, der rasch näherkam und ihm schon von weitem zuwinkte. Hausner blieb verwundert stehen. Kein Zweifel, der Mann meinte ihn.

»Bist du Pfarrer Hausner?« fragte der Reiter und zügelte sein Roß.

Hausner nickte. »Ich bin es, und wer bist du?«

»Ich bin der Bote meines Herrn. Er hat mich zu dir gesandt.«

»Wer ist dein Herr? Und was will er von mir?«

»Mein Herr hat ein Gastmahl ausgerichtet und lädt dich dazu ein.«

Hausner wunderte sich, so weit man sich in einem Traum wundern kann. Er war auch nicht sicher, ob die Einladung eines anonymen Gastgebers unbedingt Grund zur Freude war. Also suchte er nach Wegen auszuweichen.

»Ich könnte sagen«, dachte er, »ich hätte ein Schock Ochsen gekauft oder einen Acker oder besser noch, ich hätte ein Weib genommen und sei also verhindert.« Aber der Bote schüttelte schon den Kopf.

»Keine faulen Ausreden! Das zieht nicht mehr. Wir haben dazugelernt.«

»Dann bleibt mir wohl nichts anderes übrig«, sagte Hausner.

»So ist es. Komm, sitz hinter mir auf! Die anderen warten schon.«

Im nächsten Moment ging es über Stock und Stein zurück in die Stadt. Hausner traute seinen Augen nicht. Sie hielten vor St. Kilian, dessen Mauern silbern schimmerten und von dessen Turm rauschende Lamettabündel wehten. Über dem Portal prangte ein Schild, das in allen Farben des Regenbogens funkelte. »Zum Himmelreich« stand hier zu lesen.

»Donnerwetter«, dachte Hausner, »eine vornehme Adresse! Man wird sehen, was sich dahinter verbirgt.« Irgendwo hörte man festliche Musik. Aus allen Richtungen strömten Gäste herbei, einige zu Fuß, andere auf schön geschmückten Pferden, und nicht wenige fuhren in prächtigen Kaleschen vor.

Er selbst zögerte. Er fühlte sich fremd wie noch nie. Er war offensichtlich eine Fehlbuchung, ein Mißgeschick der Organisatoren. Man würde ihn bald erkennen und hinauswerfen, dorthin, wo Heulen und Zähneknirschen war.

Schon wollte er sich abwenden und ins Dunkel zurückschleichen, aber der Reiter schüttelte den Kopf und wies energisch auf das Portal.

»Na schön!« dachte Hausner und stieg zögernd die Freitreppe hinauf, ohnehin überzeugt, das Ganze sei ein kitschiges Illusionstheater, das in Kürze wie eine Seifenblase zerplatzen würde. Sobald er eintrat, öffnete sich vor seinem staunenden Blick ein riesiger Saal. Tausend Kerzen verstreuten ein warmes Licht und beleuchteten lange Tische, an denen die Gäste saßen. In allen vier Ecken spielten Musikgruppen, ringsum an den Wänden standen Tische, die sich unter den köstlichsten Speisen bogen. Er sah Berge von Früchten, erlesene Gaumenfreuden, Braten, Saucen und süße Cremes. Hausner wunderte sich. Wenn dies das Jenseits war, hatte man hier erstaunlich viel übrig für deftige und exquisite Sinnenlust.

Bevor er solche Überlegungen vertiefen konnte, erklangen Fanfaren, die offensichtlich das Erscheinen des Gastgebers ankündigten. Es war ein freundlicher Greis in langen, weißen Gewändern. Die Musik schwieg. Er begrüßte seine Gäste, dankte ihnen, daß sie so zahlreich zu seinem Fest erschienen waren und wünschte ihnen angenehme Stunden in behaglicher Atmosphäre. Für alle und alles sei gesorgt. Es werde an nichts fehlen. Draußen sei Dunkelheit und Kälte, hier aber eine selige Insel der Freude. Plaudernd ging er von einem Tisch zum anderen, gab jenem grüßend die Hand, wechselte mit diesem ein paar herzliche Worte und wünschte allen zumindest durch sein Lächeln einen glücklichen Verlauf des Festes.

Auch Pfarrer Hausner kam an die Reihe. Der Greis schien besonders erfreut, ihn zu sehen und begrüßte ihn mit Namen. Er hieß ihn willkommen und zwinkerte ihm dabei schalkhaft zu. Hausner war sicher, dieses Gesicht schon einmal gesehen zu haben.

»Sie wissen also, was mit mir los ist?« fragte er.

»Gewiß, ich weiß«, nickte der Greis.

»Täusche ich mich, oder habe ich Sie schon einmal irgendwo gesehen?«

Der Hausherr schmunzelte und flüsterte ihm ins Ohr: »Ich bin der Papst. Der Chef ist leider verhindert. Aber bitte, behalten Sie's für sich.«

Dabei legte er einen Finger auf die Lippen und sah bedeutungsvoll nach links und rechts.

Die Musik begann wieder zu spielen. Diener in roter Livrée mit goldenen Tressen und silbern gepuderten Perücken trugen die Speisen auf und schenkten funkelnden Wein in die Gläser. Alle aßen und tranken. Man plauderte, man lachte, man war guter Dinge. Auch der Gastgeber freute sich über das gelungene Fest und blickte von seinem erhöhten Platz an der Stirnseite des Saales zufrieden über die Menge.

Plötzlich jedoch war es Hausner, als habe sich etwas verändert. Die Gespräche wurden brüchig, das fröhliche Lachen erstarb. Immer mehr Leute steckten die Köpfe zusammen, tuschelten miteinander und warfen unruhige Blicke in die Runde.

Was war geschehen? Hausners Tischnachbar wußte mehr. Irgendwo war das Gerücht entstanden, das Fest sei gar kein Fest, denn man sei nicht freiwillig hier. Die Türen seien verriegelt, und schwer bewaffnete Wächter stünden draußen davor. Sie ließen niemanden mehr hinein oder heraus. Man sei also gefangen und habe sich schrecklicher Dinge zu gewärtigen.

Hausner blickte sich um. Äußerlich war alles beim alten: der schöne Saal, die Lichter, die Musik. Aber die Atmosphäre war gestört. Alle saßen bedrückt auf ihren Plätzen und machten sich sorgenvolle Gedanken.

Auch der Hausherr schien den Stimmungswandel bemerkt zu haben. Diener traten herzu und flüsterten ihm ins Ohr. Er machte ein bekümmertes Gesicht und erhob sich. Mit einer Bewegung seiner Arme gebot er den Musikern zu schweigen und wandte sich an seine Gäste.

»Liebe Freunde«, sagte er, »mir ist zu Ohren gekommen, daß im Saal ein Gerücht entstanden ist, und wenn es wahr wäre, würde es euch zu Recht beunruhigen. Aber es ist nicht wahr. Man versucht, euch glauben zu machen, dieser Saal sei verschlossen, alle Ausgänge versperrt und die Türen streng bewacht. Ich kann euch versichern, es besteht nicht der geringste Grund zu dieser Sorge. Wir feiern ein Fest, ein wunderschönes, ein unvergeßliches Fest. Glaubt mir, liebe Freunde, ich gebe euch mein Wort, mein heiliges Ehrenwort: Dieses häßliche Gerücht, von bösen Menschen in die Welt gesetzt, um unser Fest zu stören, es entbehrt jeglicher Grundlage. Ihr seid doch gern und freiwillig hier, und wir alle wissen, wie kalt und dunkel es draußen ist. Also fühlt euch wie zu Hause und feiert weiter! Ich bitte euch, ich flehe euch an, laßt es euch schmecken! Seid fröhlich und unbeschwert!«

Vergeblich. Die Rede verfehlte ihre Wirkung. Die böse Stille lastete weiterhin über den Köpfen. Die Gesichter blieben düster und grau. Alle blickten verstohlen zur Tür. Man sah keine Riegel, aber diese waren offenbar außen angebracht. Man entdeckte keine Wachen, aber sie standen gewiß irgendwo bereit, sich auf jeden zu stürzen, der es versuchen würde, den Saal zu verlassen. Alle Gäste saßen da mit gesenkten Köpfen, ängstlich, verbittert, enttäuscht, saßen vor den herrlichen Speisen, ohne Appetit. Alle Freude war verschwunden, alles Vertrauen erloschen.

Von neuem sprach der Greis auf sie ein, beschwor sie, flehte sie an, ihm doch um Himmels willen zu glauben. Das Gerücht sei völlig aus der Luft gegriffen. Sie sollten es einfach ignorieren. Es wäre doch schade um all die guten Sachen. Und der Abend hielte noch manche schöne Überraschung für sie bereit. In wachsender Verzweiflung hob er die Hände.

Hausner traute seinen Sinnen nicht. Aus dem würdigen Alten von ehedem, aus dem »Stellvertreter des Chefs« war eine tragikomische Figur geworden. Alle Hoheit war vergangen. Stattdessen stand da vorn eine bemitleidenswerte Gestalt, ein schütterer, enttäuschter Mensch, dem alle Felle davongeschwommen waren. Und auch die Gäste hockten verkrampft und unglücklich an ihren Tischen. Die Speisen wurden kalt, die Blumen verwelkten, der Wein verschalte im Glas.

Zu allem Überfluß winkte er nun auch noch der Musik, sie möge lauter und fröhlicher spielen. Er selbst sang mit schriller Greisenstimme die Melodie. Gleichzeitig traten Tänzer und Tänzerinnen auf, die sich alle Mühe gaben, die Gäste wieder fröhlich zu stimmen. Auch der Greis schunkelte und tänzelte mit, immer wieder die Gäste aufmunternd, sich anzuschließen und es ihm nachzutun.

Es war alles vergeblich. Niemand machte mit. Im Gegenteil, je größer die inszenierte Munterkeit wurde, desto unglücklicher und angstvoller waren die Blicke. Jeder Versuch, ihre Sorgen zu zerstreuen, erschien ihnen als Täuschungsmanöver. Die Szenerie wurde immer gespenstischer. Der Greis wurde zum lächerlichen Animateur, flehte, kreischte, sang und hüpfte und ließ sich zuletzt eine rote Pappnase bringen, die ihn vollends zum Clown machte, dem das Publikum mit starrem Entsetzen zuschaute.

Plötzlich hörte Hausner seinen Namen. Der Alte sprach ihn an. »Was soll ich tun?« fragte er verzweifelt. »Was mache ich denn falsch? Die Kirche ist doch für diese Menschen da. Sie sollen sich doch zu Hause fühlen, frei und geliebt. Was soll ich bloß tun, daß sie es mir glauben?«

Hausner packte ihn bei den Schultern und schüttelte ihn, als müsse er ihn aus einem Alptraum wecken.

»Es ist ganz einfach!« schrie er in das Getöse der Musik. »Mach die Türen auf! Zeig ihnen, daß niemand draußen steht. Sag ihnen, daß jeder gehen kann, wann und wohin er will!«

Der Greis blickte ihn an, als habe er chinesisch gesprochen.

»Wie bitte?« fragte er.

»Verstehst du nicht? Sie glauben, daß sie gefangen seien. Reiß die Türen auf, damit sie sich vom Gegenteil überzeugen können!«

Der Alte schien nichts zu begreifen. Stattdessen wurde er zornig und stieß Hausner von sich.

»Ergreift ihn! Werft ihn hinaus!« befahl er zornentbrannt, und sogleich stürzten sich Bewaffnete auf ihn. »Er ist es. Er ist an allem schuld! Werft ihn hinaus! Dort ist Heulen und Zähneknirschen!«

Hausner fühlte, wie man ihn zu Boden warf und an Händen und Füßen fesselte. Dann rissen sie ihn wieder empor und schleiften ihn quer durch den Saal. Die Flügel der Tür traten auseinander. Vor seinen Augen tanzte das schwarze Quadrat der Nacht, und schon warfen sie ihn hinein. Er stürzte unendlich tief in einen Abgrund, spürte den kalten Wind und hörte seinen eigenen Schrei.

Er erwachte. Die Lampe seines Schlafzimmers brannte. Agnes stand in der Tür.

»Was ist?« fragte sie.

»Ach nichts. Ich habe wohl schlecht geträumt.«

»Na wenigstens das«, murmelte sie unbarmherzig und zog sich wieder zurück.

Bis zum nächsten Sonntag …

verbreitete sich das Gerücht, Pfarrer Hausner werde in der Kirche predigen. Seit jenem denkwürdigen Ostersonntag hatte er keinen Gottesdienst mehr abgehalten. Dies war dem Kaplan und dem kirchlichen Raum vorbehalten. Die Vorträge, Diskussionen und Referate konnten im Pfarrzentrum stattfinden. Niemand sollte das Gefühl haben, der sakrale Raum werde durch die Wortgefechte entweiht. Andererseits hätte fromme Zurückhaltung nur dem jeweiligen Thema geschadet.

Wenn Hausner nun also in der Kirche sprechen wollte, mußte er sich etwas dabei gedacht haben. Die Zeit reichte aus, die Wellen der Spekulation hochzutreiben. Einige verstiegen sich sogar zu der Annahme, er habe sich eines Besseren besonnen und kehre reumütig in den Schoß der Mutter Kirche zurück.

Kaplan Leske hielt die Messe. Er hatte sichtlich Mühe, sich über den massenhaften Andrang zu freuen, denn er galt nicht ihm und wohl auch nicht der heiligen Handlung, die er am Altar zu vollziehen gedachte. Das Interesse galt dem »Abtrünnigen«, wie er ihn heimlich oder vor ausgewählten Ohren nannte, und als Hausner zum Mikrofon trat, wurde es vollkommen still.

»Liebe Freunde«, begann er und breitete seine Arme aus, als wolle er sie alle umfassen. »Merkwürdige Dinge sind in dieser Gemeinde geschehen. Sie haben uns beunruhigt und geängstigt oder neue Klarheit und Zuversicht gebracht. Auf jeden Fall haben sie – Ihnen und mir – ein wundersames und fremdartiges Gefühl vermittelt. Man kann es mit einfachen Worten sagen: Wir leben. Mir geht es so. Ich bin aufgewacht aus einem langen Schlaf wie ein Kind, das nachts erwacht, und das Zimmer ist dunkel, alles ist still. Man schwebt in einem unendlich großen Raum, man stürzt in einen bodenlosen Abgrund, man glaubt sich verloren. Und da geht die Tür auf. Jemand macht Licht. Man hört seine vertraute Stimme, man sieht die vertrauten Gegenstände des Zimmers. Man ist gerettet.«

Er sprach frei und suchte den Blick der Leute, freute sich an den bekannten Gesichtern, denn mit fast jedem verband sich eine Begegnung, ein Wortwechsel, eine kleinere oder größere Lebensgeschichte.

»Ein Pfarrer, wie ich es früher war, kennt viele Leute in seiner Gemeinde und in der Stadt. Er erlebt viele ihrer Erlebnisse mit. Er ist oft dabei, wenn Höhepunkte oder Tiefpunkte des Lebens geschehen, und – wenn man ihn läßt – begleitet er manchen Wendepunkt, der die Zeiten voneinander trennt. Der Pfarrer, der ich heute bin, hat noch etwas anderes, etwas Wunderbares erfahren: Er hat eine Gemeinde erlebt, die ihn beim großen Wendepunkt seines Lebens begleitete. Sie, liebe Freunde, hätten allen Grund gehabt, mich fallen zu lassen oder zum Teufel zu schicken, denn ich habe Ihnen wahrlich viel zugemutet. Aber Sie haben es nicht getan. Sie haben mich aufgefangen wie in einem Sprungtuch, als das Haus meines Lebens brannte und ich springen mußte. Dafür danke ich Ihnen, jedem einzeln und allen zusammen. Denn es ist schon ein Unterschied, was man einzeln tut und was man mit anderen zusammen tut.

Es gibt Priester, die haben eine Art Peilstrahl im Kopf. Wenn die Gemeinde nach links oder rechts ausschert, hören sie einen Pfeifton und wissen genau, wie sie gegensteuern können. Nebelbänke und Unwetterzonen machen ihnen nichts aus. Mit der Zeit haben sie die Sache so gut im Griff, daß sie auf Autopilot umschalten können. Ich glaube, ein solcher bin ich nie gewesen. Im Gegenteil: Als ich noch ein ordentlicher Pfarrer war, habe ich oft vor einem Rätsel gestanden, und wenn ich genau überlege, war es das ewig ungelöste Rätsel meiner Arbeit als Seelsorger dieser Gemeinde: Warum, so habe ich mich gefragt, sind sie nicht frei und glücklich? Du stehst doch hier mit einer frohen Botschaft, die die Menschen frei und glücklich machen will. Du stößt die Götzen und Dämonen vom Sockel und verkündest ihnen einen liebenden Schöpfergott, aber sie freuen sich nicht. Du erzählst ihnen von der Macht der Liebe, die den Feind nicht ausschließt und die größer ist als alle Schicksalschläge und Dunkelheiten des Lebens, aber sie jubeln nicht. Sie fassen sich nicht bei den Händen und tanzen nicht jauchzend um den Altar. Stattdessen sitzen sie da, starren trübe vor sich hin, mißtrauisch, abweisend, eng und ängstlich, jeder für sich, und jeder ein Bündel von Melancholie und Weltschmerz. Leute, die nichts mehr vor sich haben. Leute, die lieber verhungern, als von den herrlichen Speisen zu essen, die man ihnen vorsetzte.

Als Nietzsche den Tod Gottes entdeckte, war er wenigstens traurig und erschüttert. Wenn uns einer den Tod Gottes verkündigte, so dachte ich damals, würden wir nicht einmal trauern. Wir würden es achselzuckend zur Kenntnis nehmen und zur Tagesordnung übergehen, so als hätten wir nie auf ihn gehofft, nie zu ihm geschrieen in höchster Not und nie zu ihm aufgejauchzt in der Fülle der Seligkeit. Wie kann das sein? habe ich mich gefragt, damals, als ordentlicher Pfarrer dieser Gemeinde, und – ich habe keine Antwort gefunden.«

Wilhelm Hausner machte eine Pause und lauschte in sich hinein. Die Leute saßen oder standen wie erstarrt. Sie schienen dunkel zu ahnen, daß alles bisher Gesagte nur der allmähliche Aufbau einer einzigen Frage war. Satz für Satz wurde sie gezimmert und gemauert und stand jetzt riesig groß über ihnen.

»Vor einigen Tagen«, fuhr Hausner fort, »hatte ich einen Traum, und jetzt glaube ich, habe ich auch eine Antwort auf meine Frage.«

Er erzählte vom Saal und dem Gastmahl, von den Herrlichkeiten des Festes und dem freundlichen Gastgeber. Und er erzählte, wie das Gerücht, alle Türen seien verschlossen, alles zunichte machte.

»Genauso war es auch hier in Ihrer Gemeinde, damals, als ich noch der normale Pfarrer war, und ich war blind wie der Greis in meinem Traum. Ich war nicht fähig, das Nächstliegende zu begreifen und zu tun. Liebe Freunde, hätte ich sagen müssen, schaut her, die Türen sind offen, sie sind unbewacht, und jeder kann sich davon überzeugen! Jeder kann die Kirche verlassen, wann immer er es möchte. Und jetzt sage ich es euch, als der unordentliche Pfarrer von heute, dem man schon so vieles übelnimmt, daß es darauf auch nicht mehr ankommt: Die Türen sind offen. Man kann einfach hinaus. Und es ist gar nicht schwer. Niemand wütet hinter ihm her, niemand bedroht ihn mit Bannfluch und Höllenstrafe und – wie Sie an mir sehen können – es gibt sogar Freunde, die zu ihm halten, die ein Sprungtuch öffnen, damit er nicht sofort den Rattenfängern in die Arme läuft, die hinter der Ecke auf ihn warten.«

Wieder hielt er einen Augenblick inne und blickte

auf seine Zuhörer. Die Gesichter hatten nicht mehr den einheitlichen Ausdruck gespannter Erwartung. Einige sahen unsicher zur Seite, andere blickten tapfer geradeaus, und viele schienen sich innerlich zu ducken vor dem, was jetzt möglicherweise oder zweifellos kam. Es kam wirklich.

»Und damit diese Predigt nicht theoretisch bleibt und abstrakt, möchte ich Ihnen ganz einfach beschreiben, wie man aus der Kirche austritt. Man geht zum Amtsgericht. Sie kennen es alle, es ist der rote Ziegelbau drüben, auf der anderen Seite des Marktplatzes. Bitte die Öffnungszeiten beachten! Der Beamte hat ein Formular ...« Er zog ein Exemplar aus der Tasche und zeigte es allen. » ...in das er Ihre Personalien einträgt, also auch den Personalausweis nicht vergessen! Und dann brauchen Sie nur noch zu unterschreiben. Die Erklärung geht ans Finanzamt, so daß die Kirchensteuer entfällt. Das wird natürlich auch auf der nächsten Steuerkarte vermerkt. Und das ist schon alles. Ich danke Ihnen.«

Er verneigte sich freundlich und ging hinaus. Ein paar Sekunden war es totenstill. Dann ging es wie ein tiefes Atmen durch die Menge. Das hatte es noch nicht gegeben. Ein Pfarrer, der seiner Gemeinde von der Kanzel aus erklärte, wie man aus der Kirche austrat, mehr noch, sie quasi dazu ermunterte, das war der Ernstfall. Das war der Härtetest für starke Nerven. Das war ein neues Kapitel der Kirchengeschichte. Alle hatten weiche Knie. Kaplan Leske blickte unglücklich ins Leere. Er war ratlos und wußte nicht, wie es nun weiterging. Der kalte Schweiß stand ihm auf der Stirn. Er hatte das furchtbare Gefühl, seinen Text nicht mehr zu können. Die Meßdiener grinsten verlegen. Frau Pullig, die etwas zu spät gekommen war und keinen Platz mehr gefunden hatte, schwankte leicht. Jemand sprang auf und bot ihr seinen Platz an. Sie setzte sich.

»Helmut!« flüsterte sie wie in Trance. »Hast du das gehört?«

Ihr Mann legte seine Hand auf ihre Schulter.

»Ja, Liebes«, sagte er, »ich hab's gehört. Wir müssen jetzt sehr tapfer sein.«

»Ich tu's!«

Bäcker Munte sprang aus dem Bett, so daß die Federn der alten Matratze krachten. Seine Frau zuckte aus dem Schlaf und nahm instinktiv die Decke ans Kinn.

»Was ist los?« fragte sie benommen und dachte an Einbrecher oder Blitzeinschlag.

»Ich tu's!« wiederholte Munte und fuhr in die Hosen.

Frau Munte richtete sich auf. Mit angstgeweiteten Augen starrte sie auf das Bündel von Tatkraft, das sich da gürtete und stiefelte, als stünde ein Angriff schwedischer Reiter bevor und als sei ihr Mann berufen, die Mauern des Städtchens zu verteidigen. Gleichzeitig überlegte sie, ob ihm eine Beleidigung widerfahren sei oder es anderweitig Streit gab, der jetzt, um vier Uhr morgens entschieden werden müsse.

»Was immer du tun willst«, sagte sie zaghaft, »tu's besser nicht.«

Er ließ sich nicht beirren oder gar aufhalten.

»Ich wollte es schon lange. Ich habe es hin und her gekaut. Man traut sich einfach nicht, den klaren Schnitt zu tun, aber jetzt ist der Punkt gekommen. Gestern, bei der Predigt vom Hausner, fiel es mir wie Schuppen von den Augen.«

»Was um Himmels willen fiel dir wie Schuppen von den Augen?«

»Ich trete aus der Kirche aus. Es ist logisch. Es ist konsequent. Es ist ganz einfach fällig. Und nun weiß ich ja auch, wie das geht. Man geht zum Amtsgericht und ...«

Frau Munte ließ sich wieder in die Kissen fallen und atmete erleichtert durch.

»Das Amtsgericht öffnet nicht vor neun.«

»Na schön. Dann also erst in die Backstube und den Tag anwerfen. Aber dann tu ich's. Ich sag's dir, so wahr ich hier stehe.«

Polternd stieg er die Treppe hinab. Die Nachbarn fuhren aus dem Schlaf. Drüben im Schloßgarten krähte der Hahn. In der Backstube roch es nach Mehl und Hefe. Er schleppte Papiersäcke heran, füllte Mehl, Wasser und Sauerteig in die Rührmaschine, heizte den Ofen vor und staubte die Backbleche ab. Als die Lehrlinge erschienen, trauten sie ihren Augen nicht. Der Alte stand summend und brummend am Tisch und knetete Brote, je eins in jeder Hand. Er scheuchte sie an die Arbeit, als gelte es, einer Hungersnot vorzubeugen. Eine Kehrschaufel, die ihm im Wege lag, schleuderte er mit einem Fußtritt in die Ecke. Immer wieder stieß er Worte und Sätze aus, die sich wie Flüche anhörten. »Ich tu's«, konnten sie entziffern oder: »Es geht. Verdammt nochmal, es geht!«

Der Ofen glühte. Die Stube schien vor Hitze und Duft zu bersten. Um sieben öffnete der Laden. Frau Munte holte den ersten Korb Brötchen und warf ihm einen prüfenden Seitenblick zu. Er walkte ein rundes Bauernbrot, schnaufte und murmelte, warf Mehl über den Tisch und hob die teigige Faust.

»Hast du's dir gut überlegt?« wagte sie zu fragen.

»Da gibt's nichts mehr zu überlegen. Wat mutt, dat mutt. Verdammt nochmal! Viel zu lange hab ich gewartet. Gestern die Predigt. Das war ein klares Wort.

Das war Hilfe und Ermutigung.« Er fuhr herum. »Mach, daß du rauskommst! Die Kunden warten.«

Er hatte recht. Der Laden stand voll. Muntes Brötchen waren im Städtchen weltberühmt. Ohne sie begann der Tag als Fehlstart. Frau Munte schüttete den Korb in die große Kiste und versuchte, sich abzulenken. »Wenn's denn sein soll«, dachte sie und wußte, daß Widerstand zwecklos war. Was sich ihr Mann in den Kopf gesetzt hatte, war schon an seinem eigenen Widerstand gescheitert.

Drei Minuten vor neun beobachtete sie, wie er durch die Einfahrt auf die Gasse trat. Er hatte das Hemd gewechselt und seinen blauen Anzug gewählt. Der hing nur für besondere Anlässe im Schrank. Mit wuchtigen Schritten stapfte er zum Marktplatz hinüber, würdigte die Kirche keines Blickes und achtete weder auf den Gruß seines Sangesbruders Pohl, der den Hund spazierenführte, noch auf den Verkehr, der seinen Höhepunkt erreichte. Die Autos bremsten scharf, bildeten eine Gasse, um ihn durchzulassen. Verwunderte Passanten sahen, wie er starren Blickes auf den neugotischen Ziegelbau des Amtsgerichts zusteuerte.

»Munte. Mein Name ist Munte«, sagte er dem Beamten hinter der Theke. Dieser war es nicht gewohnt, um diese frühe Stunde so energisch angeredet zu werden und fuhr erschrocken aus seinem Stuhl.

»Was ... was kann ich für Sie tun?«

Der Bäckermeister schlug mit der Faust auf die Theke.

»Ich trete aus der Kirche aus. Her mit dem Formular!«

Der Beamte schien erleichtert, daß es nichts Schlimmeres war. Während er erst im Schreibtisch und dann in einem Blechspind nach dem für Kirchenaustritte zuständigen Formular suchte, sah sich Munte triumphierend um. Schon jetzt war er stolz auf sich. Endlich hatte er sich durchgerungen und war dabei, alle Brücken hinter sich abzureißen. Im Grunde war es schon geschehen. Der Rest war bloße Formalität. Der Raum war schmucklos und leicht vergilbt, als sei er selbst zur Urkunde geworden. Auf einer Bank saßen drei Klienten, die offenbar darauf warteten, dem Amtsrichter vorgeführt zu werden.

»Ich trete aus der Kirche aus!« sagte er auch diesen. Es erschien ihm sinnvoll, gleich ein paar Zeugen zu haben. »Schluß mit dem ganzen frommen Kram! Irgendwann hat man einfach die Nase voll davon. Und dann gibt's nur eines: klaren Schnitt! Das hat auch meine Mutter immer gesagt: Theo, sagte sie, nimm nichts zu früh vom Feuer, aber wenn es dann gar ist, wird gegessen. Das war eine kluge Frau, meine Mutter. Nur mit der Kirche, das hätte sie besser gelassen. Aber das war halt die Tradition. Man war dabei und dachte nicht weiter darüber nach.«

Der Beamte hatte das Formular gefunden, zückte einen Kugelschreiber und fragte nach den Personalien. Damit alles seine Richtigkeit hatte, mußte Munte den Personalausweis vorlegen. Er hätte ihn bestimmt vergessen, wenn Pfarrer Hausner gestern nicht alles so genau beschrieben hätte.

»Die Kirche!« fing der Bäckermeister wieder an und spuckte innerlich aus vor Verachtung. »Als Säugling wird man getauft, ob man will oder nicht, zwangsweise sozusagen. Kein Mensch hat einen gefragt. Und dann ist man drin, und alles läuft automatisch weiter. Man wird nicht gefragt, und man darf nicht mehr fragen. Sie tun so, als gäbe es überhaupt nichts anderes. Und dann ist schon Erstkommunion und dann Firmung. Keinen Augenblick lassen sie einen aus dem Griff. Und immer diese Messen!«

Neuer Groll stieg in seine Stimme. »Die ewigen

Sonntagsmessen! Die endlose Predigt, von der man kein Wort verstand. Der Singsang verstaubter Lieder. Und vorn sitzen müssen, in Reih und Glied, mit Gebetbuch und im kneifigen Sonntagsanzug. Knien, wenn alle knien. Stehen, wenn alle stehen. Und die scheinheiligen Leute, die aufgedonnerten Kleiderständer. Hier liefen sie fromm zur Kommunion, und zu Hause verprügelten sie Frau und Kinder. Schluß!« rief er, »weg damit! Nie wieder! Wozu muß man sonntags in die Kirche?«

Er wandte sich an die drei Zeugen. »Wenn ich fromm sein will, kann ich auch in den Wald gehen. Da rauschen die Bäume, da zwitschern die Vögel, und da ist man umgeben von lebendiger, ehrlicher Natur. Da kann einem die Kirche gestohlen bleiben mit ihrem Brimborium und Getue, mit dem öden Ballett der Meßdiener, dem Gedudel der Orgel.«

Der Beamte nickte verständnisvoll und machte eine Geste in Richtung Formular. Auch die drei anderen nickten Einverständnis. Vielleicht schlossen sie innerlich Wetten ab, ob er nun bald unterschreiben würde und sie selbst unbeschadet davonkommen würden.

Munte nahm den Kugelschreiber.

»Na ja«, meinte er zögernd, »es war natürlich nicht alles Mist. Die Gemeinde. Man kannte die meisten. Die Frau Domme aus der Heddinghovener Straße, die ihren Harald strafend in die Rippen stieß, wenn er wieder einmal das ganze Lied auf einem Ton gesungen hatte. Der alte Hack, der zur Gaudi aller vor der Kommunion ein donnerndes »Amen« in die Stille sagte, bis es eines Sonntags ausblieb. Da wußten alle, daß er gestorben war. Man war schon irgendwie unter sich und beieinander, und ohne die Sonntagsmesse hätte man kaum gemerkt, daß man zu einer großen Gemeinschaft gehörte. Ein Völkchen von Toren und Narren, aber, weiß Gott, man hatte ja auch seine eigenen Makken. Und es ist ja auch nicht ganz falsch, sich einmal in der Woche mit ein wenig Ewigkeit infizieren zu lassen. Eine Stunde innehalten, nichts tun, was Geld einbringt oder Amüsemang. Einmal in sich hineinlauschen: Na, Munte, was bist du denn nun für ein Kerl? Kannst du noch mehr als Brötchen backen? Wie lang ist wohl die Kette der Muntes, die dafür gesorgt haben, daß du jetzt hier sitzen kannst, und was wird einmal sein, wenn die letzten Brötchen gebacken und die letzte Torte verziert wurde? Es war schon so. In der Woche lief man so herum oder so.« Er zeichnete es mit dem Finger in den Staub der Theke. »Man tat dieses oder jenes. Aber sonntags führte der Weg immer durch die Kirche und durch die Messe. Das war der Schnittpunkt, der Knoten, der alles zusammenhielt mit den anderen.«

Er wandte sich an den Beamten und bekam eine rauchsanfte Stimme. »Wissen Sie, daß ich in der Kirche meine Frau kennengelernt habe?«

Der Mann wußte es nicht, hielt es aber für möglich. Auch die drei anderen hatten nichts einzuwenden.

»Sie saß vorn rechts in der fünften Reihe. Sie hatte ein blaues Kleid an mit einem weißen Kragen. Und von der Seite sah man gut, daß sie schon, na, Sie wissen, was ich meine. Sie hatte kastanienbraune Zöpfe. Damals trug man noch Zöpfe. Ich konnte nicht anders. Ich mußte immer wieder hinüberschielen, bis es mein Vater merkte und mir eins hinter die Löffel gab. Und als sie von der Kommunionbank kam, habe ich erst weggeguckt, als würde mich alles andere interessieren, nur nicht sie, und dann habe ich sie doch angesehen und gelächelt. Und sie hat es gemerkt und war ganz verwirrt und erschrocken. Und jetzt sind wir schon fünfundreißig Jahre verheiratet.«

Er legte den Kugelschreiber nieder.

»Das alles geht einem durch den Kopf in so einem Augenblick. So sagen Sie doch was! Sie sagen ja gar nichts!«

Die Leute blickten sich unsicher an. Einer grinste vermittelnd. Die andern schienen angestrengt nachzudenken, was sie um Himmels willen sagen sollten.

»Nun also nur noch der Wald«, dachte Munte, aber so laut, daß es alle hören konnten. »Geh ich eben nur noch in den Wald ... Die Kirche hat es nicht anders verdient. Man könnte meinen, sie will es gar nicht anders. Sie treibt einen ja geradezu in den Wald, wenn man fromm sein will. Aber gleichzeitig lassen sie einen nicht aus dem Griff. Die Religionslehrer, die Pfarrer, die Bischöfe. Das ganze Jahr ist eine Kette von kirchlichen Ereignissen. Man schleppt es mit sich herum. Immer dasselbe, seit hundert und tausend Jahren.«

Er wurde wieder böse und trommelte mit den Fingern auf die Theke. »Das ewige Einerlei. Aschermittwoch, Fastenzeit, Ostern, Fronleichnam, Pfingsten, Advent. Jeder Schritt ist vorgezeichnet. Man trottet einfach mit. Man ist Teil einer Schablone, hangelt sich durchs Kirchenjahr, von einem Feiertag zum andern.«

Er geriet wieder in Feuer und ballte die Faust. Die drei Zeugen warfen einander sorgenvolle Blicke zu. »Diese Feiertage! Ich bitte Sie! Geschenke, Verwandtenbesuch, Sahnetorten. Immer dasselbe, immer der gleiche Rummel. Als ob man nie erwachsen würde. Schluß damit! Weg damit! Irgendwann steht es einem bis hier. Irgendwann hat man die Faxen dicke und durchschaut das Getue.«

Die Zeugen nickten beifällig. So oder ähnlich sahen sie es auch. Sie wußten nicht, worauf das ganze hinauslief, waren aber bereit, sich so weit wie möglich herauszuhalten.

»Okay«, sagte der Beamte und deutete auf eine Stelle des Formulars, »hier können Sie unterschreiben.«

Entschlossen griff Munte nach dem Kugelschreiber, aber er war noch nicht ganz fertig mit sich und der Kirche.

»Naja«, räumte er ein, »Ostern und Weihnachten hatten natürlich auch ihr Gutes, nicht nur später für mich als Bäckermeister. Wer wollte das bestreiten. Die bunten Eier und der süß lackierte Hefezopf. Wir haben mal eines der Eier erst zu Himmelfahrt gefunden, nicht durch Zufall. Es stank wie die Pest.«

Er lachte herzhaft, und auch die anderen konnten sich eines höflichen Schmunzelns nicht erwehren.

»Und Nikolaus, wenn man schon wußte, daß es der Onkel Franz war, und am Ende ein prall gefüllter Stiefel auf der Fensterbank stand. Und der Adventskalender. Jeden Tag ein Türchen. Ganz egal, was dahinter war. Das Aufmachen war schön. Die Verheißung, die täglich neue Hoffnung auf ein Wunder.«

Er lehnte sich etwas entspannter an die Theke und blickte versonnen vor sich hin. Bilder öffneten sich in seiner Erinnerung wie die Türchen des Adventskalenders, harmlose, banale Bilder und Szenen, aber mit dem Zauber der Verheißung umgeben.

»Am Morgen des Heiligen Abends«, fuhr er fort, »nahm Vater uns bei der Hand – wir waren zu dritt –, und wir machten einen Spaziergang über die Felder, bei jedem Wetter, in Schnee oder Regen. Einer durfte den Rucksack tragen, eine Kanne heißen Tee, ein paar Plätzchen, eine alte Zeitung, Brennholz und Feuerzeug. Irgendwann hockten wir uns nieder, im Windschatten eines Wäldchens oder einer alten Mauer. Einmal fuhren wir zum Wald und wagten uns bis zur Holzhütte am Silbersee. Wir machten Feuer und wärmten uns die blaugefrorenen Hände. Wir tranken den heißen Tee aus der

Thermoskanne und ließen uns die Plätzchen auf der Zunge zergehen, und dann zog Vater ein Buch aus der Tasche und las eine Geschichte, jedes Jahr eine andere. – Verdammt noch mal ...« Er schluckte. »War das schön! Wir kuschelten uns aneinander. Über uns heulte der Wind. Das Feuerchen knackte. Vater las. Die Geschichte von Bruno, dem Mönch von Heisterbach, der mittags im Wald spazierengeht und müde einschläft. Als er abends heimkehrt, sind tausend Jahre vergangen, und niemand kennt ihn mehr. Oder die Geschichte vom vierten König, der es nicht rechtzeitig bis Betlehem schafft und sein Leben lang durch die Welt irrt, immer auf der Suche nach dem Stern und dem Kind. Bis er ihm zuletzt doch noch begegnet, an einem Tag in Jerusalem, aber nun ist es der Gekreuzigte von Golgota. Oder die Geschichte von Scrooge, dem Geizhals, dem die drei Weihnachtsgeister erscheinen, und am Ende ist er ein anderer Mensch geworden ... Verdammt nochmal ...«

Munte schluckte wieder, und es glitzerte in seinen Augen. Er blickte auf seine Faust wie auf einen fremden Gegenstand. An den Fingernägeln sah man Spuren von Mehl und Teig. Er schob den Kugelschreiber zur Seite und wollte sich umwenden. Aber da bekam sein Mund wieder einen harten Zug.

»So ist das. Damit fangen sie einen. Sie versuchen es wenigstens immer wieder. Sie tun immer ganz gewaltig mit ihrer Caritas, mit Projekten für die Dritte Welt, mit Friedensgebeten und alldem. Bei der Caritas gibt sowieso der Staat das meiste Geld dazu. Und die ganzen Projekte sind nur ein Tropfen auf den heißen Stein, aber alle meinen groß, was sie getan hätten, wenn sie ihre zehn Mark auf den Teller gelegt haben, natürlich mit Spendenbescheinigung fürs Finanzamt. Und die Friedensgebete? Da tun sie immer, als ob sie kein Wässerchen trüben könnten. Und dabei ist die

Geschichte der Kirche ein einziger Kriminalroman. Das sogenannte »Heilige Mittelalter«, ein einziger Kampf um Länder und Geld, um Macht und Einfluß. Das Gemetzel der Kreuzzüge, die blutige Ausrottung der Ketzer. Und dann die ... die Renaissancepäpste, eine Bande ausschweifender Lüstlinge und Mordbuben. Und die Inquisition und die Hexenprozesse, der ganze elende Ballast, den man als Katholik mit sich herumschleppt. Ich sage: Weg damit! Endlich Schluß! Endlich reinen Tisch gemacht!«

Der Beamte wurde den Eindruck nicht mehr los, einer mittelschweren Geburt beizuwohnen. Die Wehen kamen und gingen. »Hier«, sagte er unsicher und deutete auf das Formular. »Sie können hier unterschreiben.«

Munte nahm den Kugelschreiber.

»Christentum!« rief er höhnisch, daß es von den Tapeten widerhallte. »Daß ich nicht lache! Wäre die Kirche nur eine Spur christlicher gewesen, dies alles hätte nicht passieren können.«

Die Anwesenden blickten ihn fragend an. Er glaubte, es ihnen genauer erklären zu müssen.

»Ich bitte Sie, was hat das Christentum mit Macht zu tun, mit Eroberung und Ausrottung? ›Selig sind die Friedfertigen‹, heißt es in der Bergpredigt. ›Selig die Sanftmütigen und die Armen im Geiste ... Was ihr dem Geringsten meiner Brüder getan habt, das habt ihr mir getan.‹ Das war es doch. Das ließ die Leute aufhorchen, damals. Das machte sie stark und mutig. Immer wieder ließen sie sich davon begeistern. Der heilige Franz, die heilige Elisabeth, der bescheidene Pfarrer von Ars. Das waren echte Christen! Die wußten, wo's lang geht. Die hielten ihrem Christus die Stange. Erschlagen ließen sich viele sogar für ihren Glauben. Wahnsinn! Und das muß einmal gesagt werden: Die waren die eigentliche Kirche. Die hatte er gemeint, dieses kleine, aufrechte Häuflein von Quertreibern, von Wohltätern und Freiheitskämpfern, durch alle Generationen und Jahrhunderte. Man konnte sie nicht packen, und sie ließen sich nicht kleinkriegen. Die waren die Kirche und sind es noch heute. Zu denen würde man gern gehören. Die würde man niemals im Stich lassen, oder? Sagen Sie selbst: Würde man die im Stich lassen? Würde einer sagen: ›Was ihr da getan und gewollt und geträumt habt, alles schön und gut, aber das geht mich nichts an. Das war romantische Spinnerei. Das hat mit der Wirklichkeit nichts zu tun. Die Wirklichkeit, das sind Kriege und Elend und vergiftete Umwelt und Haß, Einsamkeit, Verzweiflung. Man kann nicht dagegenleben.‹ Und würde sich umdrehen, als ob man nichts mit ihnen zu tun haben möchte. Nein! Im Gegenteil! Dazugehören möchte man. Und wenn man's auch nicht so weit bringt wie sie, – daß es einige geschafft haben, das ist schon gut. Das macht ein gutes Gefühl. Verdammt nochmal! Da kriegt man richtig Mut, es auch mal wieder zu probieren. Man ist ja sonst doch ein schwacher Mensch. Man hat seine guten Vorsätze, nebbich, aber dann genügt eine Ablenkung oder eine läppische Versuchung, und schon gehört man wieder zu den unzähligen anderen, die es auch nicht schaffen. Und so geht das halt zu in der Kirche. Hin und her, auf und ab. Sehr viel Schrott, sehr viel Geröll, aber dazwischen immer wieder leuchtet was und steht einer auf und macht es einfach und kann es, und vielleicht ist es gar nicht seine eigene Kraft. Vielleicht trägt ihn einer, auf den er sich nur verlassen hat. Und alle reiben sich die Augen und staunen und wärmen sich auch ein bißchen an dem Feuer und sehen wieder ein bißchen klarer und stauben sich ab und sind beinahe wie neu. Und da ist der Traum wieder da. Nicht Haß und Gleichgültigkeit, sondern Liebe. Nicht Verzweiflung, sondern Hoffnung, nicht Macht oder Ansehen oder Reichtum, sondern Ohnmacht, Armut und Verachtung, scheinbar, denn dahinter spürt jeder eine wunderbare Kraft und einen unglaublichen Reichtum, und niemand wird ihn oder sie jemals mehr vergessen. Das ist auch die Kirche, verdammt nochmal.«

Er hatte sich in eine Lautstärke hineingeredet, die im Raume widerhallte.

»Das wußten Sie nicht, stimmt's?« fuhr er den Beamten an, so daß dieser schuldbewußt die Augen senkte. »Geben Sie's zu, keine Ahnung hatten Sie! Sie verteilen hier läppische Formulare und haben keine Ahnung, worum es eigentlich geht. Oder wußten Sie's?« Auch die drei Zeugen mußten ehrlicherweise verneinen und bekannten sich schuldig im Sinne der Anklage.

Munte seufzte kummervoll. Eine Weile starrte er glasig ins Leere. Er schien den Faden verloren zu haben. Fast sah es so aus, als sei ihm der Grund seines Kommens überhaupt entfallen. Der Kugelschreiber, das Formular – wie die Schriftzeichen einer fremden Welt lagen sie vor ihm auf der Theke. Durch die geschlossenen Fenster hörte man die Turmuhr von St. Kilian schlagen. Alle hörten andächtig zu. Es war zehn Uhr. Als der letzte Ton verklungen war, stöhnte Bäckermeister Munte leise auf.

»O Gott«, sagte er und schüttelte den Kopf, als habe er sich in einem großen Rätsel verfangen. »Verdammt noch mal!«

Er sah sich um. Die drei Zeugen wagten nicht, sich zu rühren. Auch der Beamte war zu einem Abbild seiner selbst erstarrt.

»Ach ihr!« sagte Munte und ging mit schwerem Schritt hinaus.

Im Schatten der Toreinfahrt stand seine Frau. Er blieb vor ihr stehen, sah aber an ihr vorbei. Auch sie schwieg und strich sich nervös die Schürze glatt.

»Mach dir keine Sorgen!« sagte er, »Es ist alles wie vorher, aber es ist alles irgendwie anders.«

Sie legte eine Hand auf seine breite Stirn.

»Du großer, alter Bär!« sagte sie. »Es hätte mich auch sehr gewundert.«

Der Wandel ...

war unverkennbar. In den folgenden Wochen zog ein ganz neuer Ton durch die Gassen und Häuser der Stadt. Drei Bürger, die im Amtsgericht zufällig Zeuge eines dramatischen geistigen Ringens gewesen waren, berichteten ihren Angehörigen und Freunden. Von hier zog die Sache weitere Kreise. Das Thema »Kirche – ja oder nein« oder »Christentum – so oder so?« war plötzlich »in«, und nicht nur hinter den verschlossenen Türen des Pfarrzentrums oder der Privatwohnungen. Es wurde auf offenem Markte verhandelt.

Am Frühstückstisch und Arbeitsplatz, an Straßenecken und Gartenzäunen, sogar auf Fußballtribünen und in den Warteschlangen der Supermärkte konnte es geschehen, daß Erregung spürbar und Stimmen laut wurden, und dann ging es nicht um die Umgehungsstraße oder die Marktplatzgestaltung, nicht um den drohenden Abstieg des 1. FC, sondern um die Erörterung einer religiösen oder kirchlichen Detailfrage, um Wendepunkte der Kirchengeschichte oder die dogmatische Begründung moralischer Positionen.

Im öffentlichen Nahverkehr wurde ein Jugendlicher gesichtet, der – den Walkman am Ohr – in der Bibel las. Dann und wann blickte er verstört aus dem Fenster. Er mußte an die Bergpredigt geraten sein, denn plötzlich entfuhr ihm ein ungläubiges »Whow!«, und wie Augenzeugen glaubhaft versicherten, nahm er die Füße vom gegenüberliegenden Sitz, um einem Rentner Platz zu machen.

Man erwischte Liebespärchen auf den Bänken des Schloßparks, weltvergessen in die gemeinsame Lektüre der augustinischen »Bekenntnisse« oder des »Hohen Liedes« vertieft. Man interessierte sich lebhaft für das Leben heiligmäßiger Männer und Frauen. Man veranstaltete öffentliche Talk-Runden und lud Experten zu Vorträgen ein. Man äußerte sich in lokalen Radiosendungen, Leserbriefen und Handzetteln.

Dabei kam es nur selten zu unhöflichen Formulierungen, und wenn einmal, so wurden sie der leidenschaftlichen Wahrheitssuche zugeschrieben. Stattdessen herrschte ein freundlicher Umgangston. Man war neugierig auf die Meinung des anderen, vermutete und entdeckte bei ihm Kenntnisse, die man selbst gut brauchen konnte, und teilte bereitwillig die eigenen Entdeckungen mit. Man war sogar bereit, liebgewordene Irrtümer aufzugeben, wenn man sie durch eine neue Erkenntnis ersetzen konnte.

Auch das alltägliche Miteinander belebte sich auf unerhörte Weise. Man spürte, daß verbale Erörterungen nichts weiter waren als »tönende Schelle und klingendes Erz«, wenn sie nicht auch das konkrete Handeln beeinflußten. Eine Welle von Hilfsbereitschaft, von geschwisterlicher Sorge um Bedürftige ging durch die Stadt und strahlte auf das Umland aus. Asylbewerber überließ man nicht mehr der widerwilligen und schikanösen Stadtverwaltung, sondern integrierte sie in den Wohnvierteln der Stadt. Andere zogen hinaus vor den nächstgelegenen Fliegerhorst und demonstrierten gegen Tiefflüge und Flugtage der Bundeswehr. Wieder andere traten den Organisationen bei, die sich für Entwicklung,

Umweltschutz und Menschenrechte in aller Welt einsetzten. Da nun viele Hände zupackten, war es für alle nur noch eine geringe Last. Wer Fanatiker suchte, wurde enttäuscht. Eine Frau, der die Sache zu Kopf stieg, so daß sie plötzlich behauptete, Erscheinungen zu haben, nahm man freundlich und behutsam in die Mitte.

Auf merkwürdige Weise blieb Pfarrer Hausner im Schnittpunkt des Geschehens. Während sich die Pfarrhäuser andernorts als Insel und Bollwerk des Glaubens verstanden, das man gegen die anbrandenden Fluten des Un- und Irrglaubens zu verteidigen hatte, liefen hier die Dinge seitenverkehrt. Hausner fühlte sich mit seinen atheistischen Überzeugungen belagert. Sein Terminkalender platzte aus allen Nähten. Leichtsinnigerweise hatte er ein Schild an die Tür gehängt. »Bitte stören!« stand darauf, und die Leute nahmen es so ernst, wie es gemeint war.

Sie kamen allein und in Gruppen. Manche mit einem ganzen Bündel schwieriger Fragen. Viele mit neuen – wie sie meinten – sensationellen Erkenntnissen. Sie brachten ihre Bibel mit oder einen Zeitungsausschnitt. Sie erzählten Erlebnisse und Erfahrungen, die ihrem Denken einen neuen Weg eröffnet hatten. Sie hielten ihm Sätze und Verse vor, nicht um ihn eines Besseren zu belehren, sondern stolz wie man kleine Goldkörner zeigt, die man eigenhändig aus dem Geröll der Kirchengeschichte herausgewaschen hatte.

»Wissen Sie, wie man mit seinen Meinungsgegnern verfahren soll?« fragte ihn Rentner Turferth. Er hatte viele Jahre im Stadtrat gesessen und hätte es längst wissen müssen. »Ich hab's bei Thomas gelesen. Sie werden staunen.«

Hausner hörte freundlich zu.

»Man soll dem anderen erst dann widersprechen,

wenn man das beste seiner Argumente überzeugender vertreten kann als er selbst.«

»Ach ja?«

»Ganz klar. Man könnte dabei ja entdecken, daß man sich selbst bisher irrte.«

»Und wenn nicht? Warum sollte man ihm dann widersprechen?«

»Das habe ich mich auch gefragt. Aber jetzt weiß ich warum: Weil es vielleicht seine einzige Chance ist, die Wahrheit zu finden.«

Sie schwiegen eine Weile. Dann seufzte der Stadtrat a.D.: »Zu spät. Jetzt hab ich nicht mehr viel davon. Und meine damaligen Gegner auch nicht.«

Jugendliche kamen ins Haus, um mit Pizza und Bier eine spontane Party zu entfesseln. Oft hatten sie von den alten Antworten die Nase voll und wollten von ihm neue Fragen hören. Oft waren sie einfach nur da, weil sie sich bei ihm wohlfühlten.

Eines abends kam der alte Klonke, setzte sich ins Besucherzimmer und sagte kein einziges Wort. Auch Hausner schwieg. Nach einer guten Viertelstunde gaben sich beide freundlich die Hand und gingen wieder auseinander.

Agnes weigerte sich immer noch, die Realitäten anzuerkennen, und der ganze Rummel bereitete ihr höllische Qualen, aber es war unverrückbare Familientradition, einander im Unglück beizustehen. Das hinderte sie nicht, sich mit kleinen, geschwisterlichen Terrorakten an ihrem Bruder zu rächen. So gab es neuerdings wieder Milchreis mit Zimt und Zucker, den Hausner auf den Tod nicht ausstehen konnte und den sie ihm überfallartig auf den Tisch stellte. Er aß ihn, aber nicht ohne lange Pausen zwischen den einzelnen Löffeln, in denen er ihr die Kant'sche Widerlegung sämtlicher Gottesbeweise auseinandersetzte.

Kaplan Leske erschien nur noch selten bei Tisch. Seitdem die gesamte Last der traditionellen Seelsorge auf seinen Schultern lag, sah er nicht ein, wozu er den Pfarrer noch fragen sollte. Zu Anfang provozierte er theologische Streitgespräche, die allesamt im Nebel endeten. Dann konzentrierte er sich auf Nebenschauplätze, erschien oft in Gruppensitzungen der Frauengemeinschaft, der Senioren oder der Jungen Gemeinde. Hier hielt er angestrengte Vorträge über Glaubensgewißheiten und eherne Positionen des Katechismus, sicherte Terrain, zog tiefgestaffelte Verteidigungslinien, verschanzte moralische Gefechtsstände und hoffte so, strategische Vorteile in einer Art verbalen Materialschlacht zu erzielen. Die Leute ließen das Trommelfeuer geduldig über sich ergehen, aber da ohnehin niemand vorhatte, dem christlichen Glauben abzuschwören, wußten sie nicht so recht, worauf es ihm ankam. Viele nahmen an, er sei seiner selbst nicht mehr so ganz sicher und betreibe auf diese Art eine »Du bist wer!«-Kampagne. Sie nickten ihm freundlich zu.

»Neulich kam er in die Seniorenstunde«, erzählte der alte Tourbier seinem Nachbarn beim Unkrautjäten im Garten, »ganz flott in Jeans, Sweatshirt und Turnschuhen, wie frisch vom Seminar. So richtig der neue Typ. Hockte sich auf den Boden und packte die Klampfe aus. Na klar, Gospels und Spirituals und diese neuen Schlager mit religiösem Text, wo alle sofort mit dem Fuß wippen.«

»Was du nicht sagst!« sagte Nachbar Pütz.

»Und dann hat er geredet, ich weiß nicht wie lange.«

Er hielt inne und stützte sich auf den Stiel seiner Hacke. »Wenn der jetzt am Altar steht, ist das für mich wie ein verkleideter Hippie, und wenn er predigt, denke ich: Beweis mir, was du da behauptest! Ich meine, wer mir mit simplen Argumenten kommt, so ganz ohne Leuchten und Zauber, der muß beweisen, was er sagt. Und das geht natürlich schief. Da sind mir die anderen lieber, meinetwegen mit Soutane bis unters Kinn, meinetwegen mit Stottern und verstaubten Gewohnheiten wie der alte Lennartz, bevor unser Hausner kam. Der war kein großes Licht. Brauchte er auch nicht zu sein, denn das Licht kam woanders her. Das stand hinter ihm oder über ihm. Er mußte es nur durchlassen. Ich geb's ja zu, da ist wahrscheinlich eine Menge Hokuspokus in der Religion, aber – verdammt noch mal – es funktioniert. Es funktioniert seit zweitausend Jahren, und wenn etwas solange funktioniert, dann kann nicht alles nur Hokuspokus sein. Übrigens, meinst du, ich müßte die Radieschen nochmal verziehen?«

»Kann nicht schaden«, meinte der Nachbar.

Der Kardinal ...

legte die Hände übereinander, ließ sich noch ein wenig tiefer in den Sessel sinken, schloß die Augen und überließ sich tiefem Nachdenken. Er hatte den Kreis seiner engsten Berater und Vertrauten zu sich eingeladen. Man saß – und das war schon lange nicht mehr vorgekommen – im Wohnzimmer des Chefs. Auf dem matten Glanz der Mahagoni-Schrankwand lag ein Streifen der untergehenden Sonne. Es roch nach überreifem Flieder und Autoabgasen. Man hatte sich offen und wortreich begrüßt, hatte sich heimlich gefragt, warum dieser eingeladen war und jener nicht, und nun ging es darum, so geschickt wie möglich herauszufinden, welches der Grund dieses Treffens war.

Der Chef ließ sich Zeit. Er pflegte Sitzungen, in denen sich heftige Wortwechsel erwarten ließen, mit einigen Minuten gesammelten Schweigens zu beginnen. Der Zweck war nicht ganz klar. Vielleicht diente es seiner eigenen inneren Sammlung, einem stillen Gebet oder der Anrufung des Heiligen Geistes. Vielleicht aber auch sollte es die Unsicherheit und damit die Wachsamkeit seiner Gäste erhöhen. Möglicherweise sollten sie sich in rascher Gewissenserforschung persönlicher oder dienstlicher Versäumnisse erinnern und sich zumindest die Frage stellen, ob das Reich

Gottes dank ihrer Wirksamkeit in jüngster Zeit ein Stück vorangekommen sei. Das Pendel der großen Standuhr in der Ecke zerlegte die Zeit in saubere Portionen.

Schließlich war es soweit. Der Chef öffnete die Augen, ließ sie einmal in der Runde kreisen und stellte genau die Frage, die sie alle am meisten fürchteten.

»Meine Herren, meine Dame, schön, daß Sie gekommen sind, aber was meinen Sie, warum ich Sie zu dieser Dringlichkeitssitzung eingeladen habe?«

Alle schienen leicht zu schrumpfen. Jeder fühlte sich undeutlich an seine Schulzeit erinnert, blickte unbeteiligt unter den Tisch oder ahnungsvoll sinnend an die Decke und hoffte, der Kelch werde an ihm vorübergehen.

Der Vorsitzende des Diözesanrates, der am wenigsten zu verlieren hatte, machte einen Vorschlag. »Ich denke, es geht um das ökumenische Wintertreffen.«

»Falsch!« sagte der Kardinal.

Wieder vergingen bange Sekunden.

»Nun ja«, begann der Direktor der Liturgiekommission, »die Bundestagswahlen stehen ins Land. Es wäre an der Zeit, die möglichen Folgen eines Machtwechsels in Berlin zu erörtern. Ich denke, man erwartet von uns ein klares Wort, und es wäre unklug, erst nach den Wahlen Überlegungen anzustellen.«

Er sprach schnell, und falls er falsch geraten hatte, wollte er seine Meinung wenigstens gut begründet haben.

Der Kardinal runzelte die Stirn und winkte müde ab. Eine Bundestagswahl oder auch ein möglicher Machtwechsel in Berlin schienen ihn nicht sehr zu beunruhigen. Die Luft lud sich auf. Was in Dreiteufelsnamen war so wichtig, daß sie hier ihre kostbare Zeit verbringen mußten?

»Ich hab's!« rief der Generalvikar und schlug sich an die Stirn, als hätte er längst drauf kommen müssen. »Das neue Sozialpapier des Zentralkomitées!« Beim vorigen hatten sie auch hier gesessen, um eine offizielle Lesart zu finden.

Der Kardinal sah ihn über den Rand seiner Brille an. Er gab es auf und war einmal mehr überzeugt, daß das Pfingstwunder über diesen Kreis noch nicht hereingebrochen war.

»Meine Herren, meine Dame, ich will Sie nicht länger hinhalten. Sie haben die Presse verfolgt. Sie wissen, was sich an einem Flecken unserer Diözese ereignet hat.« Er hob die Stimme. »Es geht nach wie vor und mehr denn je um dieses St. Kilian und seinen unsäglichen Pfarrer. Lesen Sie vor, Faßbender!«

Der persönliche Referent entfaltete einen Artikel der »Frankfurter Rundschau« mit der Überschrift ›Das Wunder von St. Kilian'. Er las, und man erfuhr im Stil eines Asterix-Heftes, daß die Katholische Kirche in ganz Deutschland einen dramatischen Mitgliederschwund erlebe. In ganz Deutschland nicht, denn in einer harmlosen und bis dahin unbekannten Kleinstadt sei der Trend gestoppt, mehr noch, er habe sich in sein Gegenteil verkehrt. Hier, in St. Kilian, stürmten die Leute geradezu das Amtsgericht, um ihren Kirchenaustritt wieder rückgängig zu machen. Sämtliche Gottesdienste platzten aus den Nähten. In aller Öffentlichkeit sei es üblich geworden, sich wieder zum katholischen Glauben zu bekennen, in allen Vereinen und bei caritativen Projekten aktiv mitzuarbeiten und freudig seine Kirchensteuer zu entrichten. Drei Erwachsene – früher stadtbekannte Gottesleugner – hätten sich sogar taufen lassen ...

»Wunderbar!« entfuhr es dem Direktor der Pastoralkommission. »Was wollen wir mehr!«

Der Kardinal würdigte ihn keines Blickes.

»Lesen Sie weiter, Faßbender!« befahl er düster.

Dieser strich sich verlegen über die Nase. Er zögerte. Offenbar wünschte er, das Folgende bliebe ihm und den Anwesenden erspart.

»Lesen Sie!« insistierte der Kardinal.

Faßbender zuckte zusammen und las. Dieses Wunder von St. Kilian sei nicht das Ergebnis einer Marienerscheinung oder einer wundertätigen Heilquelle. Dieser dramatische religiöse Aufschwung sei einzig und allein dem Pfarrer von St. Kilian zu danken, jenem bundesweit bekannten Pfarrer Hausner, der nach eigenem Bekunden seinen Glauben verloren habe und seitdem den Zweifel predige.

»Soll ich weiterlesen?« fragte Faßbender beklommen.

»Lesen Sie!« Und nun klang die Stimme des Chefs, als käme es darauf auch nicht mehr an.

»Eine schallende Ohrfeige für die beamtete Kirche. Man darf sich fragen, welche Konsequenzen die Eminenzen landauf landab daraus ziehen werden.«

Er faltete den Artikel wieder zusammen und blickte schuldbewußt zu Boden.

Eine Weile war es sehr still. Dann knirschten die Räder der Pendeluhr, und es schlug acht.

Der Kardinal richtete sich auf. »Wenn ich in letzter Zeit den Spiegel, die FAZ, die Zeit aufschlage, von Publik-Forum ganz zu schweigen, was meinen Sie, was ich dort zu lesen bekomme? Wenn das Telefon klingelt und irgendwelche Journalisten um ein Interview oder eine Stellungnahme bitten, was meinen Sie, worum es ihnen vorrangig geht? Ich will es Ihnen sagen: Es geht um Hausner, Hausner, Hausner. In der kommenden Woche ist – wie Sie wissen – die Herbstversammlung der Deutschen Bischöfe in Fulda, am Grabe des heiligen Bonifatius. Was Sie aber nicht zu wissen scheinen: Dort wird man mich bohrend befragen. Dort werde ich Rede und Antwort stehen müssen. »Was ist da los in deiner Diözese?« Ich höre sie jetzt schon. »Wie stehen wir denn da, wenn sowas Schule macht?« »Wann ist dieser Spuk zu Ende?« »In Rom wird man auch schon rebellisch.« Was werde ich also antworten, dort, am Grabe des Apostels der Deutschen?«

Stille.

»Kirchenaustritte sind schlimm. Das wissen Sie, und das weiß ich. Aber sie sind nicht das Schlimmste, denn sie klären die Verhältnisse. Man weiß, woran man ist, und die Verbliebenen rücken enger zusammen. Dies aber ist die reinste Anarchie.«

Der Generalvikar stöhnte auf. »Um Gottes willen, wer konnte das ahnen? Wer konnte mit sowas rechnen?«

»Sie hätten mit so etwas rechnen müssen!«

Nun hagelte es Selbsterkenntnis und Vorschläge von allen Seiten.

»Wir hätten es nicht so weit kommen lassen dürfen.«

»Richtig.«

»Wir dürfen uns nicht von einem Pfarrer zum Gespött der ganzen Welt machen lassen.«

»Richtig.«

»Wir müssen einschreiten. Wir müssen etwas unternehmen.«

»Sehr richtig.«

Der Dompropst wagte als einziger einen Einwand, der ihm bisher nicht berücksichtigt schien.

»Wenn meine Unterlagen stimmen, so hatte die Kollekte zum letzten Diasporasonntag in St. Kilian ein Rekordergebnis.«

Alle blickten auf. Der Weihbischof war noch nicht überzeugt.

»Aber ein Pfarrer, der jegliche Transzendenz bestreitet …«

Der Dompropst zuckte die Achseln.

»Rekordkollekte!«

»Ein Pfarrer, der in kirchlichen Räumen die wildesten Gottesleugner auftreten läßt!«

»Aber die Kollekte!«

»Ein Pfarrer, der seine Gemeinde von der Kanzel herab zum Kirchenaustritt ermuntert!«

»Ich weiß, ich weiß, aber – eine Rekordkollekte!«

Der Kardinal beendete das Duell.

»Meine Herren, meine Dame, ich sehe, daß Sie noch nicht bis zum Kern des Problems vorgedrungen sind. Die Sitzung ist geschlossen. Ich werde Ihnen morgen meine Entscheidung mitteilen. Faßbender, Sie bleiben hier!«

Die Gruppe erhob sich und verließ den Raum.

»Faßbender?«

»Ja, Herr Kardinal?«

»Sagen Sie mal, Faßbender, da gibt es doch noch diesen Kaplan in St. Kilian, diesen Kaplan … Wie heißt er doch gleich?«

»Leske.«

»Richtig, diesen Kaplan Leske. Der hat uns doch sorgfältig informiert über die Vorgänge in St. Kilian und das merkwürdige Verhalten dieses Herrn Hausner. Hat er doch, nicht wahr, Faßbender?«

»Allerdings. Ein ordentlicher Mann, der sich nicht hineinreißen ließ in den Schlamassel. Er macht übrigens die ganze Seelsorgearbeit und kümmert sich auch um die Leute, die dem Pfarrer, diesem Herrn Hausner, nicht auf den Leim gegangen sind.«

»Sieh an. Dann ist das doch ein bemerkenswerter Kandidat für die nächste frei werdende Pfarrerstelle, meinen Sie nicht, Faßbender?«

»Aber gewiß doch, Herr Kardinal.« Er nickte eifrig und fragte sich nur noch, ob er seinem Chef zuzwinkern dürfe.

»Und was meinen Sie, Faßbender, welche Pfarrerstelle als nächste frei werden könnte?«

Der Referent tänzelte vergnügt von einem Bein aufs andere.

»Ich glaube, ich weiß, Herr Kardinal.«

Der Chef sah ihn erstaunt von der Seite an.

»Donnerwetter, Faßbender, ist Ihnen klar, daß Sie gerade den uralten Gegensatz zwischen Glauben und Wissen aufgehoben haben?«

Faßbender erschrak. Dann aber lachten sie, erst einer nach dem anderen und zuletzt beide zusammen.

Es hatte sich etwas verändert ...

das war deutlich zu spüren. Da Kaplan Leske seinen Umgang mied, hatte auch er sich nicht aufgedrängt. Es gab nur wenige Berührungspunkte. Die liturgischen Verrichtungen oblagen ganz dem Jüngeren, aber manche Leute legten Wert darauf, daß Hausner bei einer Taufe oder Trauung wenigstens zugegen war. Er fand nicht genau heraus, warum. Vielleicht waren sie ihrer Sache nicht sicher und hofften auf Beistand, falls der Zweifel überhand nehmen sollte.

Natürlich wußte Hausner, daß sich der Kaplan außerhalb seiner Wohnung mit Leuten traf, die mit der Entwicklung nicht einverstanden waren. Eifrige Mitglieder der Gemeinde hatten es ihm zugetragen. Er hatte lachend abgewinkt. Warum denn auch nicht? Im Gegenteil: Er hatte dafür volles Verständnis und interessierte sich nicht für die näheren Umstände. Er wäre bereit gewesen, dafür sein eigenes Wohnzimmer anzubieten, aber das hätte der Sache den konspirativen Reiz genommen.

Auffällig war die plötzliche Freundlichkeit, mit der Leske ihn bedachte, wenn sie einander im Hausflur begegneten. Da entspannen sich wortreiche Gespräche über das Wetter, die Fußballergebnisse oder das bevorstehende Schützenfest, die offenbar nur den einen Sinn hatten, Pausen zu überbrücken und Schweigen auszufüllen.

Auffällig war auch, daß er gehäuft Anrufe aus dem Generalvikariat bekam, die ihn vor einer heraufziehenden Gefahr warnen wollten. Das amüsierte ihn mehr, als daß es ihn erschreckte. Offenbar gab es doch eine Gemeinsamkeit zwischen ihm und dem Kardinal: Sein Fall hatte sogar im Machtzentrum der Diözese Auswirkungen, an die beide im Traum nicht gedacht hatten. Unter anderen Umständen hätte er gesagt: »Der Geist weht, wo er will.«

Es war schon Mitte Oktober, als ihn Agnes abends im Hausflur erwartete.

»Da liegt ein Brief«, sagte sie.

»Na und?«, fragte er. Täglich kamen zahlreiche Briefe.

»Vom hochwürdigsten Herrn Kardinal.«

»Aha.«

»Außerdem haben sie von Frauenthal angerufen. Der alte Huneke. Man hat ihn im Wald von Friesheim gefunden. Er ist schwerkrank. Sie glauben nicht, daß er wieder auf die Beine kommt, und er weiß es auch. Er will dich sehen.«

»Ach.«

Sie zuckte die Achseln. »Vielleicht ist er schon verwirrt und bringt die Sachen nicht mehr richtig zusammen. Für einen Gesunden ist es ja auch schon schwer genug. Spiel ihm was vor!«

Er setzte den Hut wieder auf und wandte sich zur Tür.

»Ich spiele niemandem etwas vor.«

»Willst du nicht erst den Brief …?«

»Das hat Zeit.«

Der Feierabendverkehr erreichte gerade den ersten

Höhepunkt, und das hieß: von Feierabend keine Spur. Am Marktplatz staute sich die Blechlawine. Fußgänger hasteten in die Geschäfte, um letzte Käufe zu tätigen. Die Gesichter waren verschlossen, die Kragen hochgeschlagen. Ein feiner Nieselregen hatte eingesetzt und lackierte die Stadt.

Am Ring schaltete die Ampel auf Rot. Erst jetzt fragte sich Hausner selbst, welchen Sinn dieser Krankenbesuch haben könnte. Der alte Huneke würde Fragen stellen, würde auf Antworten und Lösungen hoffen, also das Übliche von ihm erwarten. Aber das Übliche hatte er nicht mehr zu bieten. Der Himmel war leer. Es gab keinen Gott, der am Ende alle Unklarheiten beseitigen und alle Verwirrung schlichten würde. Niemand hielt Gericht. Niemand strafte oder belohnte. Niemand ergänzte das Fragment des menschlichen Lebens.

Aber jemand hupte wütend hinter ihm. Die Ampel zeigte längst grün. Folgsam fuhr er an.

Der alte Huneke! Er wußte doch sicher auch schon, daß Hausner nicht mehr zu den Welterklärern gehörte. Das hatten ihm die Krankenschwestern gewiß verraten. Warum ließ er ihn rufen? Sterbende waren wie Kinder. Man konnte ihnen nichts vormachen. Es gab doch genug Geistliche in der Umgebung, die die richtigen Worte hatten, weil sie von einem Leben nach dem Tod überzeugt waren.

Oder war das ein Test? Eine Art Versuch unter echten Bedingungen. Hier liege ich noch ein paar Stunden oder drei Tage, und es ist aus mit mir. Nun sag was! Sag etwas, das auch am vierten Tag noch gültig ist!

Hausner schüttelte den Kopf. Ich werde dich enttäuschen, alter Junge. Der Test wird nicht funktionieren.

Wieder haßerfülltes Hupen hinter ihm. Ein dynamischer Ford fühlte sich von Hausner genötigt, das Überholverbot zu ignorieren und zog schlingernd an ihm vorbei. Früher hatte er Verkehrsrowdys mit ausgeprägter Todessehnsucht seinen Segen gegeben und möglichst so, daß sie es noch sahen. Jetzt verzichtete er darauf.

Das Marienhospital lag weit außerhalb, jenseits der Autobahn und schon näher am Nachbarort. Dort hatte man erst kürzlich eine Umgehungsstraße gebaut, was der Ruhe und Abgeschiedenheit des Krankenhauses zugute kam. Hausner kannte den Weg wie kaum einen anderen. Das Haus war eine Stifung in der Obhut der katholischen Kirchengemeinde, was den Pfarrer verpflichtete, an Vorstandssitzungen teilzunehmen. Außerdem war dies der Ort, wo die Bürgerinnen und Bürger des Städtchens ihre Erdentage beschlossen, vor allem, wenn sie gesegnete achtzig oder neunzig Jahre erreicht hatten. Nur wenn man jünger war oder es partout nicht wahrhaben wollte, ließ man sich in den Kliniken der Großstadt auf dramatische und anstrengende Überlebenskämpfe ein. Da starb es sich im kleinen Marienhospital bequemer. Das Haus lag zu ebener Erde. Die Krankenzimmer waren hell und geräumig. Ein sensibler Chefarzt hatte bis in die Farbgestaltung für abwechslungsreiche und lebensfreundliche Ausstattung gesorgt. Die drei Stationen formten an ihrem Treffpunkt eine großzügige Gemeinschafts- und Begegnungszone, die mit Kiosk, Lichtkuppel und Pflanzen einer kleinen Piazza ähnlicher war als dem Foyer eines Krankenhauses.

Hier las der uralte Pater Semmler am Sonntagmorgen die Messe. Man kam, wenn möglich, auf eigenen Füßen oder ließ sich im Bett herbeirollen, und da es hier auf ein Pfund mehr oder weniger nicht ankam, waren immer auch ein paar Alte dabei, die selbst nicht mehr so recht wußten, ob sie evangelisch oder katholisch waren. Man schob sie auf gut Glück hierher, ließ sie sowohl an den Messen des Paters oder an den Gottesdiensten des evangelischen Pfarrers teilnehmen und vertraute darauf, daß die himmlische Buchführung schon alles richtig sortieren werde.

An der Pforte erkundigte sich Hausner nach dem Zimmer. Die Stationsschwester erwartete ihn.

»Es geht ihm nicht gut«, sagte sie, »aber er läßt nicht locker. So einer gibt erst auf, wenn nichts mehr übrig ist.«

Hausner mußte lächeln. Das war der alte Huneke. Vorsichtig öffnete er die Tür. Der struppige Tippelbruder lag allein und schien zu schlafen. So hatte er ihn nie gesehen. In seiner Vorstellung war er Tag und Nacht unterwegs gewesen, so als müsse er Jahr für Jahr die ganze Welt umrunden, um pünktlich wieder am Gartenzaun des Pfarrhauses einzutreffen. Hausner setzte sich leise an das Bett.

»Na endlich,« sagte Huneke, ohne die Augen zu öffnen. »Du hast dir Zeit gelassen.«

»Ich habe dir Zeit gelassen», sagte Hausner.

Das wachsbleiche Gesicht des Kranken lag tief in den Kissen. Seine Züge waren erschreckend eingefallen. Der linke Arm war über einen dünnen Plastikschlauch mit einem Tropf verbunden. Er wandte mühsam den Kopf und sah ihn eine Weile an, sorgfältig, als wolle er sich das Bild einprägen.

Hausner betrachtete diese Augen. Sie waren wach und hell. Unvorstellbar, welche Bilder sie im Laufe des langen Lebens eingelassen hatten. Oder gab es Menschen mit einer anderen Wahrnehmung? Vielleicht glitt der Bilderstrom durch sie hindurch, ohne Berührung, ohne Echo, ohne Gedächtnis. Und deshalb mußten sie wandern, rastlos, mit unstillbarem Hunger.

Er entdeckte den speckigen und vielfach geflickten

Rucksack des alten Wanderers. Er lag in der Zimmerekke auf einem Stuhl, griffbereit und wie zur nächsten Reise gerüstet.

»Sie wollen ihn mir klauen.«

»Wer?«

»Die Schwestern. Es ist das reinste Diebsgesindel. Alles nehmen sie dir weg. Du mußt scharf aufpassen. Und die Ernährung – er blickte zum Tropf hinauf – ist auch ziemlich dürftig. Hast du kein Freßpaket dabei? Das wäre jetzt das Richtige.«

Hausner lachte.

»Das ist wahr. Eine Stulle, die Agnes schmiert, hat's in sich.«

Huneke nickte sachverständig.

»Am Anfang waren es nur die Stullen. Dann gab es andere Gründe, einmal im Jahr vorbeizukommen.«

Hausner fragte nicht nach, aber plötzlich griff er nach der Hand des anderen.

»Du, sag mal, ist heute nicht der Tag?«

Huneke kicherte leise.

»Dauert verdammt lange, daß du's merkst.«

Hausner biß sich auf die Lippe. Es war der 17. Oktober. In jedem Jahr war es der 17. Oktober. Wie konnte er das vergessen! Und heute – zum erstenmal – hatte der Alte nicht kommen können. Und deshalb mußte er ihn rufen. Alles war so klar und einfach. Er schämte sich.

»Mensch, Huneke!« sagte er.

Es folgte eine längere Stille, während derer man nur Schritte und Klappern auf dem Gang hörte.

»Übrigens«, fing der Alte wieder an, »Die werden mich wohl zum Teufel schicken, wenn ich da oben ankomme. Die haben sicher so'n Schild an der Tür ›Hausieren verboten‹ oder so ähnlich. Dabei hätte ich dem Chef ein paar interessante Geschichten zu erzählen. Vielleicht gibt er mir eine Chance, und dann weiß ich schon, wie ich's mache. Ich hör' an der spannendsten Stelle auf. Dann läßt er mich bis zum nächsten Tag bleiben. Und so weiter, jeden Tag eine Geschichte, und immer, an der spannendsten Stelle, hör ich auf ...«

Er schwieg wieder eine Weile, um zu Kräften zu kommen.

»Wie trägt sie's denn, die strenge Agnes?«

»Was?«

»Daß du nun im anderen Lager bist. Oder hast du sie auch überzeugt, daß es keinen Gott gibt?«

»Um Gottes willen!« rief Hausner, und beide lachten sich schalkhaft an. Der Alte wurde plötzlich ernst.

»Ich hab ihn gesehen.«

»Wen?«

»Den lieben Gott.«

Der Pfarrer blickte schnell zur Seite, denn das schien ein neuer Scherz zu werden, aber das Gesicht des Kranken blieb ernst. Er starrte zur Decke, als müsse er sich angestrengt erinnern. Hausner hörte leise den Tropf, die einzige Uhr dieses Zimmers.

»Er stand in Paris auf der Brücke und sah in das trübe Wasser. Es war irgendwann im November und schon spät in der Nacht. Ich ging hinter ihm vorbei. ›Tu's nicht!‹ habe ich zu ihm gesagt. Als ich mich später noch einmal umdrehte, ging er langsam davon.«

Hausner wagte nicht zu atmen. Er berührte die welke Hand des Alten, ganz leicht, mit einer Mischung aus Scheu und Sorge. Obwohl der seinen Fiebertraum nur mit Unterbrechungen erzählt hatte, sah man nun die große Erschöpfung. Es vergingen lange Minuten. Die tropfende Uhr zählte die Zeit.

»Vielleicht hast du ja recht«, sagte er, »und es gibt ihn nicht. Aber manches ist so wunderbar, daß es schon reicht, irrtümlich daran geglaubt zu haben.«

Die Stationsschwester erschien in der Tür, um nach

dem Rechten zu sehen. Der Alte bemerkte es und winkte Hausner mit der freien Hand zu sich heran. Noch näher, bis dicht an seinen zahnlosen Mund.

»Die da ist die Schlimmste!«, sagte er. »Du mußt hier höllisch aufpassen, sonst bist du deinen Rucksack los.«

Daheim öffnete er den Brief …

des Generalvikars. Dieser teilte ihm höflich mit, daß man sich nun doch gezwungen sehe, die Pfarrerstelle von St. Kilian als vakant zu betrachten und neu zu besetzen. Die Ereignisse hätten auch bei differenziertester Darstellung eine enorme Unruhe bewirkt. Zahlreiche Gemeinden in ganz Deutschland seien zutiefst verunsichert. Die Kirche als Treuhänderin der Offenbarung könne und dürfe sich nicht mit diesem unhaltbaren Zustand abfinden. Man gehe jedoch davon aus, daß das Problem im Sinne des Kardinals einvernehmlich zu lösen sei. Seine Schwester, der man nichts vorzuwerfen habe, werde – so sie selbst es wünsche – weiterbeschäftigt. Mit Wirkung zum 1. November sei er seines Amtes enthoben. Der neue Pfarrer heiße Stephan Leske. Ein neuer Kaplan werde auch in Kürze eingeführt. Daraus ergebe sich die Notwendigkeit, möglichst bald die Wohnung zu räumen. Im übrigen hoffe man dringend, daß sich der Übergang unauffällig vollziehen lasse. Dies sei ein Gebot christlicher Demut und praktischer Vernunft. (Absatz) Der Kardinal bedaure diese Entwicklung zutiefst. Er sei jedoch ausdrücklich befugt, ihm – Hausner – für sein siebenundzwanzigjähriges Wirken zu danken. Abgesehen davon bliebe die Kirche eine verzeihende Mutter, die auch ihren verirrten Kindern nachgehe. Falls er sich »die Sache« eines Tages anders überlegen würde, sei man gern bereit, über eine Wiedereinstellung nachzudenken.

Hausner faltete das Papier wieder zusammen. Es war steif wie eine Urkunde. Der Inhalt überraschte ihn nicht. Während der vergangenen Wochen war ihm nach und nach klar geworden, daß um ihn herum nur eine Art virtueller Wirklichkeit entstanden war. Alles war so fremd und verstieß so gründlich gegen die bestehenden Ordnungen, daß es keine echte Beziehung zu der Welt aufnehmen konnte, die es umgab. Es hatte keine lebendige Berührung mit dieser Umgebung, war an deren Kreislauf nicht angeschlossen. Das System war zurückgewichen, aber nur um Zeit zu gewinnen und Gegenkräfte aufzubauen. Jetzt zog es sich wieder zusammen, um das Fremde und Gefährliche hinauszudrängen.

Seine eigene Rolle dabei war die eines Spielers, der mit jeder Runde alles auf eine Karte setzte, und er war nicht blind genug, um das baldige Zerplatzen der Illusion nicht vorauszusehen. Es war nicht einmal seine Illusion. Es war die der Leute. Sie betrogen sich gern selbst.

Er fand Agnes in der Küche, wo sie gerade Zwiebeln schälte. In der Pfanne schmolz ein großes Stück Butter. Es würde Bratkartoffeln geben.

»Du brauchst es mir gar nicht zu sagen«, sagte sie.

Er hielt ihr den Brief hin.

»Lies ihn trotzdem! Du bist auch erwähnt.«

»Leg ihn auf den Tisch! Du siehst doch, ich habe zu tun.«

Er stieg hinauf zum Zimmer des Kaplans und neuen Pfarrers. Leske saß an seinem Schreibtisch. Er erhob sich nicht, wies aber mit der Hand auf einen freien Stuhl. Hausner blieb stehen.

»Danke, es gibt nicht viel zu bereden. Die Verhältnisse sind ja nun klar.«

Der Neue zuckte mit den Schultern.

»Sie werden es in Kürze sein.«

»Ich werde bis zum Monatsende das Haus verlassen haben, vielleicht noch früher.«

Leske machte eine großzügige Geste. »Auf einen Tag mehr oder weniger soll es mir ... ich meine, kommt es nicht an.«

»Oh doch. Ein Tag ist lang, und man soll einen fälligen Schritt nicht durch Zögern verunklaren.«

»Ein fälliger Schritt; ich freue mich, daß Sie es jetzt auch so sehen. Darf ich daraus schließen, daß es keinen neuen Aufstand geben wird?«

Hausner ließ die Frage offen. Er wollte sich nicht für etwas verbürgen, das er nicht allein in der Hand hatte.

»Ich habe nur eine Bitte«, sagte er, »ich möchte mich ordentlich von den Leuten verabschieden. Ich denke, darauf haben sie ein Recht.«

Leskes Gesicht verfinsterte sich leicht.

»Was bedeutet ›ordentlich‹?« fragte er mißtrauisch.

»So, wie das Menschen tun, die eine Weile freundlich miteinander gelebt haben, persönlich, Auge in Auge sozusagen. Ich schlage vor, die neuen Tatsachen bleiben zunächst unter uns. Am kommenden Sonntag ist Gemeindefest. Ich werde eine Gelegenheit finden, zu ihnen zu sprechen.«

Leske wollte aufspringen, hatte sich aber sofort wieder in der Gewalt.

»Was versprechen Sie sich davon?«

»Ich denke, das ist die Voraussetzung für einen friedlichen Übergang. Wenn sie es durch mich erfahren, habe ich in der Hand, wie sie es erfahren.«

Genau das schien den neuen Pfarrer zu beunruhigen.

»Außerdem wäre es gut für Sie und Ihren Start als Pfarrer von St. Kilian«, ergänzte Hausner. »Sie sind der neue Pfarrer. Sie haben mir erlaubt, zu sprechen. Das sieht aus wie Einvernehmen und ist es ja auch. Nichts wäre schlimmer als eine ›Dolchstoßlegende‹.«

Leske wand sich unter der Logik dieser Analyse. Eigentlich hätte er selbst darauf kommen müssen.

»Nun gut«, sagte er schließlich und hoffte dringend, keinen Fehler zu machen. »Ich will annehmen, daß Sie mit der Situation verantwortlich umgehen werden.«

Hausner lächelte geduldig.

Als er wieder hinunterstieg, tauchte er in die sanfte Duftwolke der Bratkartoffeln ein. Es gab niemanden, der sie besser machte als seine Schwester. Gerade nahm sie die heiße Pfanne vom Herd, trug sie ins Eßzimmer und stellte sie mitten auf den Tisch. Hausner folgte ihr wie ein hungriger Schuljunge. Es gab keine Teller, sondern nur zwei Gabeln, mit denen sie die Mahlzeit direkt aus der Pfanne picken würden.

Hausner sah seine Schwester mit großen Augen an. So war es früher daheim gewesen, wenn es Bratkartoffeln gab: Eltern und Geschwister um den runden Tisch versammelt, in der Mitte die Pfanne, und jeder mit seiner Gabel bewaffnet. Das war vierzig Jahre her. Seitdem hatten sie immer von Tellern gegessen. Agnes mußte sich etwas dabei gedacht haben, wenn sie jetzt an das alte Ritual erinnerte.

Sie aßen und sprachen kein Wort. In diesen Minuten schien es nichts Wichtigeres auf der Welt zu geben als Bratkartoffeln mit Zwiebeln und Speck, die noch leicht in goldbrauner Butter knisterten.

Schließlich schob er die leere Pfanne beiseite. »Hab ich das richtig verstanden?«

Sie lächelte und zuckte nervös mit dem rechten Augenlid.

»Heißt das, ich muß damit rechnen, daß es jederzeit Milchreis geben kann, mit Zimt und Zucker?«

Sie schnaufte und schlug mit der freien Hand auf den Tisch.

»Es wird gegessen, was auf den Tisch kommt!«

Der alte Huneke ...

war gestorben. Das letzte Stück seiner langen Wanderung mußte er nicht mehr zu Fuß gehen. Hausner war der einzige, der ihn begleitete. Da es keine Hinterbliebenen gab, die es anders hätten verfügen können, bestimmte die Stadtverwaltung seine Einäscherung. Die Beisetzung der Urne war nur noch ein sachlicher Entsorgungsakt des Ordnungsamtes.

»Etwas dürftig«, dachte Hausner, »für jemanden, der den Selbstmord Gottes verhindert hatte.«

Auf dem Rückweg setzte er sich auf eine Bank und versuchte, sich jede seiner zwanzig Begegnungen mit dem alten Wanderer ins Gedächtnis zu rufen. Es gelang ihm nicht.

Die Sonne stand schon tief und durchquerte die Pappeln und Buchsbaumgruppen fast parallel zur Erdoberfläche. Die meisten Blumen gerieten in tiefen Schatten, andere leuchteten umso glühender hervor.

Von der Trauerhalle näherte sich ein etwas rundlicher Herr mit schwarzen, wehenden Mantelschößen, vielleicht ein Trauergast, obwohl er sich dafür ein wenig zu geschäftsmäßig bewegte. Die kleine Rotunde lud jedoch auch ihn ein, ein paar Minuten innezuhalten. Er ließ sich auf der Nachbarbank nieder und versank wie abgeschaltet in bewegungsloses Sinnen.

Nach einer Weile wurde er wieder munter. Erst jetzt schien er Hausner zu bemerken. »Es wird viel gestorben in diesem Herbst«, sagte er. »Ich habe heute noch eine Beerdigung.«

Da ihn sein Nachbar verwundert anblickte, verneigte er sich kurz.

»Ach, verzeihen Sie. Friedrich-Karl Offermann. Ich bin Trauerredner. – Falls Sie einmal Bedarf haben ...«

Er griff routiniert in seine Manteltasche und zog eine Visitenkarte hervor. »Bitte sehr. Man kann ja nie wissen.«

Hausner nahm die Karte und bedankte sich. »Ach, verzeihen Sie die indiskrete Frage, aber wie läuft sowas ab? Ich meine, kommen die Leute einfach so zu Ihnen?«

»Eine Rede dauert im Durchschnitt zehn Minuten. Das Wichtigste sind der Anfang und der Schluß. Dazwischen gibt es eine Überleitung zum persönlichen Teil.«

»Ach ja?«

»Die Hinterblieben wollen natürlich den persönlichen Bezug. Am Schluß eignet sich ein Wort von Jaspers oder Sokrates oder aus dem Kleinen Prinzen.«

»Und was sind das für Leute, die nach Ihnen rufen?«

»Ganz normale Leute. Sie sind irgendwann aus der Kirche ausgetreten. Aber man redet nicht für den Verstorbenen. Man redet für die Angehörigen. Und es spricht sich herum, ob man gut ist. Nicht bei den Leuten, aber bei den Bestattungsunternehmern. Die bringen einen auch in Vorschlag. Man ist so eine Art Anwalt der Toten. Man hält ein letztes Plädoyer. Und die Leute hassen nichts mehr als peinliche Ungeschicklichkeiten. Die Pfarrer haben es natürlich leichter.«

»Wieso?«

»Sie haben den Überbau und tausendjährige Übung. Was soll da schiefgehen?«

Er blickte auf seine Uhr und stand auf. »Sie entschuldigen mich. Der nächste Termin.«

Hausner nickte und sah ihm nach.

Nach dem Abendbrot ...

saßen sie noch lange auf der kleinen Terrasse des Pfarrhauses und besprachen die nächsten Schritte. Für die erste Zeit würden sie Aufnahme bei ihrem Bruder finden, der im Hunsrück einen Bauernhof besaß. Hier waren sie zunächst einmal geborgen, konnten sich Dach und Brot sogar selbst verdienen und in aller Ruhe nach neuen Wegen suchen.

Hausner bewegte sich unruhig auf seinem Stuhl. Scheinbar hatte er eine Idee, die nicht so leicht in Worte zu fassen war. Agnes wartete geduldig ab.

»Was hieltest du davon«, begann er, »wenn du mit den Möbeln vorausfahren würdest?«

Sie wandte fragend den Kopf.

»Vielleicht ist es albern, aber ich würde gern zu Fuß nachkommen.«

»Zu Fuß? Die ganze Strecke?«

»Warum nicht? Die Beine spüren. Die Luft atmen. Einen Bauern nach dem Weg zum nächsten Dorf fragen. Wege, Wiesen und Wälder. Auf einer Baumwurzel sitzen und ein Stück Brot essen ...«

Sie schwieg. Wie jung er war! Sie beneidete ihn. Und wenn sie mit ihm wanderte? Der Gedanke leuchtete ganz kurz wie eine Versuchung. Aber sie unterdrückte ihn noch im Keim. Einer mußte ja bei den Möbeln bleiben.

Er stand unvermittelt auf und lief ins Haus. Sie hörte ihn im Keller suchen. Dann kam er zurück und hielt ihr lachend den Rucksack des alten Huneke entgegen.

»Was meinst du? Der ist für jedes Wetter gut. Eine kleine Reinigung könnte allerdings nicht schaden.«

Jetzt lachte auch sie. »Daher weht also der Wind.«

Sie nahm ihm das weitgereiste Stück aus der Hand, um es gleich jetzt den Maßstäben moderner Hygiene anzunähern. Hausner schaute begeistert zu.

Mitten im Bürsten, Scheuern, Flicken hielt Agnes inne.

»Nicht, daß ich dich ab jetzt nur noch einmal im Jahr am Gartenzaun sehe!«

Er lachte. »Wenn dann ein mächtiges Freßpaket bereitstünde.«

»Eine Kröte würde ich dir geben.«

Eine prächtige Oktober-sonne …

kletterte über die Kuppe der Hügel und schickte sich an, das weitgedehnte Land mit Licht und Wärme zu überfluten. Die Nebel der Flußaue leisteten noch hinhaltenden Widerstand, auch aus den verwinkelten Gassen der Altstadt zog sich die Nacht nur zögernd zurück. Als erste wuchsen die Zwiebel von St. Kilian und die drei Türme der Landesburg ins Licht. Dann leuchtete die schon herbstlich angerostete Kastanienwand des Schloßparks auf. Schließlich öffnete sich der Vorhang über den vom Tau lackierten Giebelfassaden des Marktplatzes. Sie standen wie die Paradekissen auf dem städtischen Sofa, Sammelstücke aus sieben Jahrhunderten, die zusammen ein unverschämtes Stilgemisch ergaben.

Gegen acht rückten von allen Seiten die harten Kerne der Gruppen, Gremien und Vereine vor. Kleintransporter transportierten Kleines. Ehrenamtliche entluden, stapelten, sortierten chaotisches Material. Bald glichen die Innenräume und das angrenzende Gelände des Pfarrzentrums dem Kosmos wenige Minuten nach dem Urknall. Einfache Elemente wie Holz, Bleche und Bier organisierten sich nach und nach zu komplexeren Formationen wie Spielbuden, Bierzelt oder Grillstation.

Das ganze Viertel hallte wider vom Lärm der Werkzeuge und Kommandos. Die übliche Gesellschaftsordnung geriet außer Kraft. Rechtsanwälte, Ärzte und Studienräte schraubten, hämmerten, sägten und nagelten, was das Zeug hielt. Maurer und Schreiner dagegen blätterten in Bauplänen oder trugen einfach nur Verantwortung. Dann erschienen die Frauen. Sie brachten Kuchenplatten und Salate. Frau Pullig stellte mehrere Kübel vorgegarter Erbsensuppe bereit, ganz zu schweigen von Würstchen und Stangenbrot. Im Souterrain waren Jugendliche dabei, die Diskomaschinerie zu verkabeln.

»Volle Dröhnung?« fragte Michael Pries seine Mannen, die links und rechts vom Podium Lautsprecher auftürmten. Er selbst sah aus wie ein mexikanischer Haciendero, der auf Disc-Jockey umgeschult hatte.

»Volle Dröhnung!« bestätigten alle.

Daniel, der künstlerische Vormann von »Round-About«, legte ein paar herbe Akkorde auf sein Keyboard. Die Rockband war im Umkreis berühmt und berüchtigt und hatte auch für heute die Aufgabe übernommen, jugendliche Brustbeine im Schalldruck ihrer Anlage zu zerbröseln.

Andy zückte seinen E-Bass, und Carsten kletterte in seinen Schlagzeug-Dschungel. Im nächsten Moment artete der »Sound-Check« in eine Reihe von »Grooves« aus, die den anwesenden Jugendlichen ein lustvolles Heulen entlockten. Während draußen überall verantwortungsbewußt gebaut und gebastelt wurde, ging hier schon richtig die Post ab.

Eine Stunde später zog Michael jedoch plötzlich die Regler zu. In der brutalen Stille war Musikern und Zuhörern, als platze ihnen das Trommelfell. Er hob einen Finger, als wolle er die Windrichtung prüfen. In der Ferne klang verschwommenes Glockengeläut. Sie sahen auf die Uhr. Klar doch! Zeit für die Messe. Den weltlichen Lustbarkeiten sollten die geistlichen vorangehen.

Alle stürmten nach oben, aber es war schon zu spät. Die Kirche war längst voll. Wer jetzt noch kam – und das waren die meisten – mußte draußen mit einem Stehplatz vorliebnehmen. Seitdem die religiöse Wende voll durchgeschlagen war, platzte St. Kilian aus allen Nähten. Erst hatte man versucht, die Anzahl der Gottesdienste zu vergrößern. Das stieß jedoch bald an die Belastungsgrenze des Kaplans. So behalf man sich damit, daß man den Vorplatz über Lautsprecher wenigstens akustisch in die sakrale Handlung mit einbezog. Dabei verlor man sich nicht ganz aus den Augen. Alle zehn Minuten kamen mehrere Interne heraus, um mit ebensoviel Externen den Platz zu tauschen.

Bleiben wir ehrlich. Es gab Momente, in denen sich Leske nach den alten Zuständen zurücksehnte, etwa dann, wenn die Masse der Gläubigen so dicht bis an den Altar herandrängte, daß er sich kaum noch bewegen konnte, und immer dann, wenn die Leute auch nach der Messe in großen Gruppen beisammenblieben, um die Kerngedanken seiner Predigt aufgeregt zu diskutieren. Die Frage nach Gott und den »letzten Dingen« schien sie fieberhaft zu interessieren. Ortsfremde Gäste, die sich darüber wunderten, ernteten erstaunte Blicke und konsternierte Rückfragen. Zum Beispiel solche: »Ja gibt es denn etwas Wichtigeres als die Auferstehung Jesu?«, oder »Wünschen Sie sich denn nicht auch die Vergebung aller Schuld?«, oder »Meinen Sie denn nicht auch, es wäre wunderbar, wenn die Liebe die alles durchdringende Kraft wäre?«

»Ja, ja, gewiß doch«, stammelte der solchermaßen Befragte und suchte im Gesicht seines Gegenübers vergeblich nach einem Augenzwinkern.

Kaplan Leske seufzte innerlich auf. Warum konnten

sie nicht einfach zuhören und glauben wie ihre Väter und Vorväter? Sie forschten. Sie hinterfragten. Sie lasen nach und nahmen kein Blatt vor den Mund, wenn sie etwas nicht einsehen oder glauben konnten. Jedes Wort legten sie auf die Goldwaage und wollten aufs Genaueste wissen, ob es sich bei dieser Bibelstelle um zeitgebundene Ausschmückung und bei jener wirklich um das geoffenbarte Wort Gottes handelte. Früher konnte man seine Predigt aus einem gewissen Fundus von Textbausteinen immer wieder neu zusammenstellen. Jetzt paßten sie auf wie die Luchse, ob er sich wiederholte oder gar widersprach. Früher dösten sie friedlich vor sich hin, und ihr Glaube war eine Sedimentschicht aus Floskeln, Geschichten und Sentenzen, die seit Jahren und Jahrzehnten milde auf sie herabregneten. Jetzt prüften sie mit spitzer Zunge und immer sensiblerer Antenne, was »wirklich dran war« an seinen Worten. Jetzt konnte es geschehen, daß einer inmitten der Predigt aufsprang und ihm unter eifrigem Nicken aller anderen eine knifflige Frage entgegenschleuderte. Das brachte einen unter Umständen in arge Verlegenheit, weitab von jedem Bibelglossar oder dem »Lexikon für Theologie und Kirche«.

Der heutige Gottesdienst verlief ohne Zwischenfälle. Alle freuten sich auf das Fest und stellten ihren Heißhunger auf Wahrheit ein wenig zurück. Jeder hatte seine Aufgabe und hoffte, sie geschickt zu erledigen. Alle waren Veranstalter und Kundschaft zugleich. Und jeder erwartete ein großes Vergnügen von dem, was sich die anderen ausgedacht hatten. Und auch das würde schön sein: einfach beisammen zu sitzen, Erinnerungen auszutauschen und neue Ideen für caritative Projekte zu entwickeln.

Nach dem Segen folgte noch ein Schlußlied zu Ehren der Mutter Gottes, da ihr der Monat Oktober gewidmet war. »Wunderschön prächtige«, sangen sie »hohe und mächtige, liebreich holdselige, himmlische Frau!« Alle wußten, daß das der verbale Schaum eines längst vermoderten Dichters war, aber sie liebten; sie liebten einander und sich selbst und eigentlich die ganze Welt. Was zählte da der lyrische Überschwang vergangener Zeiten! »Gut, Blut und Leben will ich Dir geben. Alles, was immer ich hab, was ich bin, geb ich mit Freuden, Maria, Dir hin!«

Viele lachten sich dabei ungeniert an. Sven Deiters wandte sich direkt seiner Freundin zu, und alle Umstehenden wußten, daß sie Maria Krombholz hieß. Sie schlug den Blick errötend zu Boden.

Theo Bilkhase intonierte mit allen Vieren ein donnerndes Nachspiel. Unter dem Schalldruck der Orgelklänge strömten die Leute auf den Platz und in die Räume des Pfarrzentrums. Eine halbe Stunde später war das Fest voll im Gange.

Die Akteure bezogen ihre Plätze an den Ständen und Buden. Die anderen flanierten allein oder in Gruppen durch das Gelände. Der große Holzkohlengrill gab schon weithin sichtbare Rauchzeichen, und bald mischten sich überaus anregende Düfte hinein.

Die Kinder wühlten sich mit Geschrei durch das Gewirr der Beine. Sie wußten nicht, wo sie anfangen sollten, bei den Wurfpfeilen, beim Sackhüpfen oder beim Ritt auf dem Esel. Für sie war auf der Wiese am Parkplatz das große Abenteuer aufgebaut. Hier gab es Wettspiele aller Art. Hier konnte man sich verkleiden und bemalen oder einen riesigen Ballon als Globus durch die Gegend rollen.

Nach einiger Zeit trafen auch die Evangelischen ein. Zwischen beiden Gemeinden gab es schon längst kein Fremdeln mehr. Die Leute von St. Kilian waren dazu übergegangen, auch Luther im Himmel zu vermuten, und die von der »Kirche der Versöhnung« hielten den Papst nicht mehr für den Antichrist. »Warum«, sagten sie, »sollen wir an Irrtümern festhalten, nur weil diese schon fünfhundert Jahre alt sind!« Was man tat, tat man gemeinsam, was einer erkannte, teilte er allen anderen mit, und schon lauerten viele auf einen günstigen Moment, um auch die Gottesdienste zusammenzulegen.

Die Zeit verging wie im Flug.

Im Innenhof hatte sich um den Brunnen ein Trödelmarkt etabliert. Bücher, Hausrat, Spiele wechselten den Besitzer. Überall standen Bänke, wo sich die Alten niederlassen und dem Treiben zuschauen konnten.

Immer wieder kündigten Lautsprecherdurchsagen neue Attraktionen an. Der Kindergarten hatte ein Musical einstudiert, in dem es die Pflanzen mit den Tieren zu tun kriegten. Die Kostüme waren phantasievoll geschneidert. Die Lieder, die Tänze, alles klappte vorzüglich und war das helle Entzücken von Omas und Opas, Tanten und Onkeln. Nur ein »Radieschen« hatte seinen Text vergessen und blickte geistesabwesend in die Runde, was das allgemeine Entzücken noch einmal verdoppelte.

Frau Pulligs Erbensuppe war der große Schlager, aber auch gegrillte Koteletts, Würstchen und Hähnchenschenkel verschwanden massenhaft im Stoffwechsel der Gäste. Dazu gab es Gulaschsuppe und Berge von Salat.

Am frühen Nachmittag marschierte das Tambourkorps auf und schmetterte seine Fanfaren über die Köpfe. Dann eroberten Organist Bilkhase und seine evangelische Kollegin das Mikrofon. Unterstützt von den ebenfalls vereinigten Kirchenchören, animierten sie die Menge zu einem ökumenischen Singen. Unterdessen nahm die Disco der Jungen Gemeinde in den Kellerräumen ihren unerbittlichen Verlauf. Während Dirk, der rauchzarte Sänger von »Round-About« sein brünstiges »I love you!« schluchzte, sprangen zweihundert Kubikmeter Jugendliche auf und ab und ließ die Hormone rauschen.

In der Laube des Pfarrgartens hatten Agnes und Hausner Station bezogen. Hier waren sie dem Trubel nicht schutzlos ausgesetzt. Das Herz war ihnen schwer, aber sie ließen sich nichts anmerken. Sie verkauften eigenen Apfelwein und aus einem großen Steinkrug handgemachtes Sauerkraut. Es machte seinem Namen alle Ehre und galt unter Eingeweihten als Mutprobe.

»Fünf Pfund davon!« orderte Frau Krupinski. Ihr Mann war Archivar und litt unter hartnäckiger Darmträgheit. Wenn nichts mehr half, Hausners Sauerkraut sorgte für dramatische Entschlackung.

Zuweilen kamen Leute, nur um ein wenig zu plaudern. Kinder zeigten stolz ihr Kostüm oder einen Preis, den sie gewonnen hatten. Sven Deiters schleppte Maria Krombholz herbei.

»Das, – das ist sie«, stotterte er ungeschickt.

»Ich weiß, wer das ist«, sagte Hausner.

»Gar nichts wissen Sie! Sie ... sie ist ...« Er kam mit der verbalen Kommunikation nicht zurecht und gab ihr einen schallenden Kuß auf die Wange. »So!«, sagte er, »jetzt wissen Sie's.«

»Na, dann prost!« rief Hausner lachend und schenkte ihnen ein Glas Apfelwein ein. Es war wie der Keim einer Trauung.

Unterdessen war schon Kaffeezeit. Die Torten und Kuchen fanden reißend Absatz. Einige nahmen ihren gefüllten Teller mit in den großen Saal, wo der Mundart-Spielkreis ein Programm lustiger Sketche vorführte.

An den langen Tischen strebte die Stimmung ihrem Höhepunkt zu. Die einen schunkelten und sangen alte Karnevalsschlager. Andere schrien sich – den Lärm übertönend und steigernd – irgendwelche Geschichten zu. Bauer Kuttenkeuler aus Ahrem gab neue Witze zum besten, über die er selbst am meisten lachte. Mitten in einen Moment zufälliger Stille hinein knallte der alte Morsik seinen Bierkrug auf den Tisch und rief:

»Kinder, nee, wat hamer für en schöön Reljoon!«

Der ganze Platz kugelte sich vor Vergnügen, und Herr Winter mußte zweimal ansetzen, bevor er sich über Mikrofon und Lautsprecher wieder Gehör verschaffen konnte.

»Und nun, liebe Kilianer und solche, die es werden wollen, bittet Pfarrer Hausner um eure Aufmerksamkeit. Keine Sorge, es geht gleich weiter. Er hat mir versprochen, daß es keine Predigt wird.«

Hausner nahm das Mikrofon. Es knackte in den Lautsprechern. Überall verloschen die Gespräche, nur draußen am Bierstand dauerte es etwas länger. Hier führte gerade der dicke Kroll das große Wort, und erst ein Rippenstoß brachte ihn zum Schweigen.

Hausner stand im großen Saal neben dem Podium. Er umklammerte das Mikrofon mit beiden Händen und hielt den Blick fest darauf gerichtet, als habe er nur ihm ein Geheimnis anzuvertrauen. An einem der ersten Tische saßen Tresch und Stahlhof. Beiden wurde es plötzlich mulmig. Hausners Gesicht war zu ernst und konzentriert für eine nette kleine Ansprache.

»Liebe Freunde«, begann er, »wir feiern hier ein wunderschönes Fest, und ich will es gar nicht lange unterbrechen, aber ich muß euch eine wichtige Mitteilung machen und bitte euch, mich in Ruhe sprechen zu lassen.

Es wurde nun richtig still im Saal. Einige sahen sich an. Warum sollten sie ihn nicht ruhig sprechen lassen?

Da lag plötzlich etwas in der Luft, und alle waren hellwach.

»Als euer Pfarrer habe ich unter anderem eines gelernt: Wenn es ganz schwierig wird, helfen nur die ganz einfachen Worte. Ich werde euch verlassen. Dies ist der letzte Abend, an dem wir zusammen sind. Kaplan Leske ist euer neuer Pfarrer. Ich bitte euch herzlich, es ihm so leicht zu machen wie mir.«

Er holte tief Luft. Es war heraus, aber es war ganz klar: Die Leute hatten ihn nicht verstanden.

»Wie? Was?« fragte Frau Schüling und hörte auf zu kauen.

In dem Maße, wie Hausners »wichtige Mitteilung« in die Köpfe sickerte, schienen alle zu erstarren.

»Ich muß euch nicht beschreiben, daß mir der Abschied sehr schwerfallen wird. Ich liebe euch alle, jeden einzeln und jeden auf seine Weise. In dieser Gemeinde habe ich meinen Glauben verloren, und wenn überhaupt, hier hätte ich ihn wiederfinden können. Es war eine schöne Zeit mit euch, und ich will keinen Tag davon vergessen. Aber ich mache mir da keine Sorgen. Nichts von alledem ist vergangen. Es bleibt lebendige Gegenwart.«

»Nein, nein, nein!« Bäcker Munte schlug mit der Faust auf den Tisch, daß in der ganzen Umgebung die Teller und Tassen klirrten. »So geht das nicht! Das lassen wir uns nicht gefallen!«

Er sprang auf und zwei, drei andere mit ihm. Sie schienen entschlossen, jetzt gleich aufzubrechen, das erzbischöfliche Palais zu stürmen und dann auf Rom zu marschieren.

Hausner hob eine Hand und schüttelte langsam den Kopf.

»Nein, liebe Freunde! Glaubt mir, das ist nur der erste Moment, und so habe ich auch zunächst gedacht:

Protest. Aufruhr. Die da in der Amtskirche sollen erfahren, mit wem sie es zu tun haben! Damals habt ihr es so gemacht, und ich habe gestaunt, wie stark ihr wart. Und ich wette, auch der Kardinal hat gestaunt, denn er erlebt nur selten starke Menschen. Er selbst ist ja ängstlich. Er mißtraut der Verheißung seines Gottes und meint, er müsse um ihren Fortbestand fürchten. Und bei euch hat er gespürt, wie stark sie ist, diese Verheißung. Das mußte ihn verwirren, und so hat er nachgegeben, um Zeit zu gewinnen. Was er nicht ahnen konnte: Ihr habt die Zeit gewonnen, ihr und niemand sonst! Und deshalb werdet ihr nun anders handeln. Ihr seid andere Menschen geworden, nicht schwächer als damals, im Gegenteil, stärker, viel stärker! Ich glaube, ihr wißt es längst selbst, und als ich euch heute zugesehen habe, war es auch mir ganz klar: Es kommt nicht mehr darauf an, wer hier der Pfarrer ist. Es spielt keine Rolle, ob ich es bin oder ein anderer. Wer ihr seid, hängt nicht mehr davon ab, wer ein anderer ist. Ihr müßt euch nichts mehr ertrotzen wie Kinder, die sich selbst noch nicht kennen. Euch wird niemand mehr in eine gut katholische Folie schweißen oder unter einem moraltheologischen Sauerstoffzelt künstlich ernähren. Die Zeit der Käfighaltung ist für euch vorbei. Ihr seid ›frei laufende‹ Christen geworden, die sich ihrer selbst und der Schöpfung freuen, die ihren Nächsten – gleich welcher Weltanschauung – immer wieder neu entdecken. Ihr habt begriffen, daß man die Weite seiner Überzeugungen erst dort spürt, wo sie mit ihren Fragen an andere als die eigenen Antworten stößt.«

Bäcker Munte hatte nicht alles verstanden. Im Gegenteil, was der Pfarrer dort sagte, stand wie ein großes Rätsel vor ihm. Aber es war ein freundliches Rätsel, und langsam ließ er die Fäuste sinken. Er blieb stehen, und auch die anderen erhoben sich von ihren Plätzen. Dazu schoben sich durch die Türen immer mehr Leute in den Saal. Sie kamen vom Vorplatz, aus dem Garten und den anderen Räumen des Pfarrzentrums. Auch die Jugendlichen hatten ihre Tobsuchtszelle verlassen. Zwar konnten sie über die Lautsprecher alles hören, was der Pfarrer sagte, aber das war nicht mehr genug. Sie wollten ihn sehen. Sie spürten deutlich, daß dies wirklich der Abschied eines Freundes war, und man verabschiedet sich nicht von einem Lautsprecher. Bald stand im Saal und auf der Galerie eine dicht gedrängte Menschenmenge.

Hausner wußte nicht, was er noch hätte sagen sollen. Er blickte einfach in diese Gesichter, ließ seine Augen wandern über diese Landschaft von Erlebnissen und Begegnungen. Dann nickte er.

»Ich danke euch. Und wenn ihr mich verstanden habt, bleibt ihr einfach hier und feiert weiter.«

Er gab das Mikrofon Herrn Winter zurück, der hilflos neben ihm stand, und tat einen Schritt nach vorn. Die Leute traten stumm zurück und bildeten eine Gasse. Viele griffen nach seiner Hand. Man hörte nur Atemzüge und leises Scharren einzelner Füße. Ernst Glöckner liefen Tränen über die Backen, einfach so.

Draußen hatte sich ein leichter Abendwind erhoben. Die Buden standen verlassen. Hausner überquerte den Platz. Niemand folgte ihm. Als er am Bierwagen vorüberkam, stand dort noch immer der dicke Kroll. Er hatte schwer geladen, und der Globus schwankte unter seinen Füßen. Mit der einen Hand hielt er sich an der Theke fest, mit der anderen hob er sein Glas.

»Prosit, Wilhelm!« lallte er.

»Prosit, Heinrich!« antwortete Hausner und ging.